Peter van den Bruck

Das Lächeln des Zen-Meisters

NOVELLE

Bibliografische Information der Deutschen Nationalbibliothek: Die Deutsche Nationalbibliothek verzeichnet
diese Publikation in der Deutschen Nationalbibliografie;
detaillierte bibliografische Daten sind im Internet über
www.dnb.de abrufbar.

Bild auf dem Titelblatt:
„Der Meditierende"
Pastellkreide und Bleistift
von Peter van den Bruck

Zweite, stark überarbeitete Version
© 2018 Peter van den Bruck
Herstellung und Verlag:
BoD – Books on Demand, Norderstedt

ISBN 978-3-7528-1177-3

Vorbemerkung

Meister Djüd-schi heißt der im letzten Kapitel auftretende Zen-Meister. Der Name ist dem Gedicht *Der erhobene Finger* von Hermann Hesse entnommen, das ich hier aus urheberrechtlichen Gründen leider nicht abdrucken darf.

Es geht darin um einen stillen, sanften Zen-Meister, der so bescheiden war, dass er auf Wort und Lehre ganz verzichtete, denn Worte waren seiner Meinung nach nur Schein, den er gewissenhaft meiden wollte. Den philosophischen Höhenflügen mancher seiner Schüler, Mönche und Novizen begegnete er schweigend und sich selbst vor jedem Überschwang hütend. Und wenn sie ihm mit ihren eitlen oder ernsten Fragen kamen, zum Beispiel nach dem Sinn der alten Schriften, nach Buddha, nach der Erleuchtung oder nach dem Anfang und Ende der Welt, zeigte er nur schweigend mit dem Finger leise aufwärts. Dieses stumme und doch beredte Zeigen seines Fingers wurde immer inniger und mahnender, ja es schien zu sprechen, zu lehren, zu loben und zu strafen. Es wies so eindringlich in das Herz der Welt und der Wahrheit, dass es manchen seiner Jünger schließlich zu einer bebenden Erleuchtungserfahrung verhalf.

Wäre ich ein erleuchteter Jünger Meister Djüd-schis, hätte ich wohl ein Buch mit lauter unbeschriebenen Seiten vorgelegt. Doch ich bin weder ein Jünger noch erleuchtet. Vielleicht aber lässt sich zwischen den rund zwanzigtausend Wörtern dieses Büchleins dennoch das lächelnde Schweigen hören, in dem vermutlich alleine die Wahrheit zu finden ist.

1

Professor Freudenberg betrat den Gruppenraum heute nicht wie üblich mit dem Gefühl wohliger Vorfreude. Er war vielmehr seltsam aufgeregt. Seit Jahren nahm er nun schon an der Supervisionsgruppe teil. Der Arbeitsalltag eines praktizierenden und forschenden Psychiaters forderte ihn sehr und ließ ihm kaum Zeit, auch nur für ein paar Sekunden inne zu halten. Deshalb genoss er es sehr, sich einmal in der Woche für zwei Stunden mit anderen Kollegen austauschen zu können. Er genoss es nicht nur, es war zur Erhaltung seiner eigenen psychischen Gesundheit absolut notwendig, davon war er überzeugt.

Die meisten Gruppenteilnehmer waren bereits anwesend und hatten ihre Plätze auf den zu einem Kreis angeordneten Stühlen eingenommen. Eine feste Sitzordnung gab es nicht. Professor Freudenberg ließ seinen hochgewachsenen, schlaksigen Körper auf einen freien Stuhl fallen, schloss seine blauen, klugen Augen und atmete tief durch. Dann blickte er sich in der Runde um und begrüßte die Kollegen mit einem leichten Nicken und kurzen Augenzwinkern, sofern sich ihre Blicke begegneten.

Zur Tür herein kam nun zusammen mit den restlichen Teilnehmern Dr. Martin, der die Gruppe als Supervisor leitete. Er war von mittelgroßem Wuchs und leicht übergewichtig. Seine Augen wirkten außerordentlich wach und strahlten eine warme Freundlichkeit aus. Seine braunen, schulterlangen Haare waren, wie meist, etwas zerzaust.

Nachdem die Nachzügler die restlichen Stühle in Beschlag genommen und sich kurz gesammelt hatten, eröffnete Dr. Martin die Sitzung mit der üblichen Eingangsrunde, in der jeder Teilnehmer kurz berichtete, was ihn gerade bewegte.

Als Professor Freudenberg an die Reihe kam, war er sich nicht sicher, ob er sein heutiges Befinden der Gruppe mitteilen wollte. Er fuhr sich mit beiden Händen über sein restliches kurzgeschorenes und vollkommen ergrautes Haar. Doch dann begann er zu sprechen: „Ich hatte heute einen äußerst seltsamen Fall. Ein vierunddreißigjähriger Mann wurde bei mir vorstellig. Er berichtete von einem Vorfall, der sein Leben durcheinander gebracht habe. Diesen Vorfall könne er sich nur als Wahnvorstellung erklären. Er verlange, von diesem Wahn geheilt zu werden.

Die Anamnese, die ich daraufhin durchführte, erbrachte aber keinerlei Anzeichen für eine wahnhafte Störung!"

Er hielt inne und überlegte, wie er fortfahren sollte. Es fiel ihm schwer, den anderen Ärzten, Psychologen und Therapeuten zu vermitteln, was genau ihn an diesem Fall aufgewühlt hatte. Er befürchtete, dass sie ihn vielleicht selbst für gestört halten könnten.

Dr. Martin sah ihn fragend an. „Ja, Klaus, und was weiter?"

„Nun", begann Professor Freudenberg zögernd, „ich weiß nicht genau, wie ich es ausdrücken soll."

„Was möchtest du denn ausdrücken?", entgegnete Dr. Martin, wobei er das Wort „was" betonte.

Professor Freudenberg lächelte kurz. Immer wieder war es befremdlich, sich selbst in der Patientenrolle zu befinden und in dieser eigentümlichen Therapeutensprache angesprochen zu werden. Er begann zögernd zu antworten: „Es war da so ein komisches Gefühl ..."

Dr. Martin nickte ihm aufmunternd zu. "Was für ein Gefühl, Klaus? Kannst du es uns beschreiben? Wo im Körper war es lokalisiert?"

Ein zweites Mal musste Professor Freudenberg unwillkürlich lächeln. Doch sofort legte sich wieder ein Schatten über sein Gesicht und mit ernster Miene sprach er weiter. „Nun, es war so ein ... so ein ... ich weiß nicht ... ihr werdet mich für verrückt halten ... ich hatte das Gefühl, dass da ein Mensch vor mir sitzt, der... wie sage ich es nur, der ... also ich hatte das Gefühl, dass ich diesem Menschen überhaupt nicht helfen kann! Ich habe das noch niemals erlebt! Also, ich meine, natürlich gibt es Fälle, bei denen man weiß, dass man wenig machen kann. Bei denen man vielleicht nur ruhigstellen kann. Das Besondere an dieser Geschichte ist aber dieses seltsame Gefühl, dass dieser Mann ..." Er verstummte und schien in sich selbst zu versinken.

Dr. Neubert, sein Freund und Kollege aus der Psychosomatik, der neben ihm saß, sprach ihn sanft an: „Mensch Klaus! Was ist? Was ist mit diesem Patienten? Du machst mich wirklich neugierig!"

Professor Freudenberg blickte seinen Sitznachbarn an und fand langsam wieder in den Raum zurück.

„Ja, ach so ... also ich weiß einfach nicht, wie ich es beschreiben soll. Der Mann hat mich tief verstört, und ich verstehe nicht, wieso. Ich hatte plötzlich das starke Gefühl, ja es war fast wie eine Gewissheit, dass alles falsch ist, was ich bisher gemacht habe. Mich ergriff das Gefühl einer tiefen Sinnlosigkeit und die Vorstellung, dass ich sofort mein Leben ändern müsse. Wie konnte er das nur so plötzlich in mir auslösen?" Er schüttelte verständnislos den Kopf.

„Da ist offensichtlich etwas passiert, was dich sehr bewegt hat, Klaus, nicht wahr?", sagte Dr. Martin. „Möchtest du, dass wir uns das heute etwas genauer anschauen?"

„Ich bin mir nicht sicher. Mein Verstand sagt mir, dass ich natürlich darüber reden sollte, aber ich spüre gleichzeitig auch einen starken Widerstand dagegen."

„Gut, Klaus. Ich schlage vor, dass wir die Runde erst einmal fortsetzten. Ich frage dich anschließend noch einmal. Ist das ok für dich?"

Professor Freudenberg nickte langsam und wirkte dabei abwesend.

Die restliche Eingangsrunde war schnell beendet, denn alle waren auf die Geschichte des Kollegen neugierig und fassten sich kurz.

Dr. Martin wendete sich anschließend wieder Professor Freudenberg zu: „Nun Klaus, bist zu einer Entscheidung gekommen? Möchtest du über das sprechen, was da heute Nachmittag passiert ist?"

Professor Freudenberg nickte zögerlich und schaute Dr. Martin fast flehentlich an. „An meiner Ambivalenz hat sich nichts geändert. Aber folgen wir der Vernunft. Ich sollte wohl besser darüber reden."

„Du weißt, dass hier kein ‚Sollen' am Platz ist!", antwortete Dr. Martin.

Professor Freudenberg entgegnete nichts und ein lastendes Schweigen legte sich auf die Gruppe nieder. Alle spürten den Kampf, der im Innern Professor Freudenbergs gerade ablief. Nur zu gut wussten sie, dass es selbst – oder gerade – für therapeutisch tätige Menschen manchmal schwierig ist, die Seite zu wechseln und das Innerste preiszugeben.

„Den Termin", begann Professor Freudenberg endlich, „vereinbarte heute Morgen seine Sekretärin. Der Mann – es fällt mir irgendwie schwer, ihn als Patienten zu sehen – ist irgendein hohes Tier bei einer Bank. Privatversichert. Die Sekretärin bestand darauf, direkt mit mir verbunden zu werden. Sie sprach von einem Notfall und drängte auf einen sofortigen Termin. Sie war wirklich sehr hartnäckig und schließlich schob ich ihn um vierzehn Uhr ein. Irgendwie verwunderte mich die Tatsache, dass er den Termin nicht selbst vereinbart hat. Ich meine, in einer exponierten Stellung will man ja nicht unbedingt publik machen, dass man zum Psychiater geht. Offensichtlich vertraut er seiner Sekretärin. Oder es ist ihm egal. Aber das glaube ich nicht."

Professor Freudenberg hielt nachdenklich inne. Diese Frage schien ihm aus irgendeinem Grund wichtig zu sein. Doch dann gab er sich einen Ruck und fuhr fort: „Also, um es kurz zu machen: Um vierzehn Uhr, pünktlich auf die Sekunde, betrat er mein Sprechzimmer. Seine Erscheinung erfüllte die gemeine Vorstellung eines Bankers perfekt. Dunkelblauer Maßanzug, tadellos weißes Hemd mit goldenen Manschettenknöpfen, dezente, aber sicherlich sündhaft teure Krawatte. Eine Uhr am Armgelenk, die man vermutlich gegen einen Sportwagen eintauschen könnte. Kurze dunkle Haare, feinsäuberlich frisiert und noch kein Grau zu sehen. Zielstrebiger Gang. Ein fester Händedruck. Jedoch der Gesichtsausdruck passte nicht zu dem Rest seiner Erscheinung. Ich hätte einen selbstbewussten Blick und ein glattes, unverbindliches Lächeln erwartet. Doch der Blick war sehr ernst und irgendwie wirkte der Ausdruck fragend.

Ich fragte ihn, was ihn zu mir führe. Daraufhin begann er ohne Umschweife zu erzählen, dass er in der Nacht vor zwei Tagen ein Erlebnis gehabt habe, das ihn bis zum heutigen Tag immer noch dermaßen im Bann halte, dass er nicht wirklich zu arbeiten in der Lage gewesen sei. Er zeigte sich fest überzeugt, dass dieses nächtliche Erlebnis ein Wahnanfall gewesen sei. Er schaute mich dabei fest an und sagte mit einem eigentümlichen Befehlston: ,Ich will, dass Sie das weg machen! Ich bin an einem wichtigen Punkt meiner Karriere! Ich kann das jetzt nicht gebrauchen!'

Ich hielt dem Blick stand und wartete einen Moment mit meiner Antwort. Als ich gerade zu sprechen beginnen wollte, veränderte sich plötzlich sein Gesicht. Es bekam einen ängstlichen und gequälten Ausdruck und ein verzweifelter Laut quoll aus seinem tiefsten Innern. Und dieser Laut hat mich zutiefst erschüttert!"

Die letzten Sätze hatten Professor Freudenberg offensichtlich sehr angestrengt. Erschöpft hielt er inne und schaute fragend in die Runde, als wolle er wissen, ob das irgendeiner verstehen könne. Welche entsetzliche Verzweiflung hatten wohl alle seine Kollegen, die ihn jetzt gespannt ansahen, schon so oft bei manchen ihrer Patienten gesehen. Wie sollte er ihnen begreiflich machen, warum dieser eine Laut ihn so verstört hatte. Er begriff es ja selbst nicht!

„Kannst du diesen Laut und deine durch ihn

ausgelösten Gefühle noch näher beschreiben?", fragte Dr. Martin.

Professor Freudenberg überlegte. Schließlich nickte er langsam. „Ja, also das war so ein vollkommen unmenschlicher Laut. Ich meine, wir alle haben sicher Patienten schon schreien hören wie die Tiere. Aber dieser Laut war nicht von dieser Welt! Er schien die Welt geradezu vernichten zu wollen! Ja, es war ein Gefühl, als rufe da das Nichts aus ihm heraus. Mir laufen noch jetzt tausend Schauer über den Rücken, wenn ich daran denke!"

Dr. Martin nickte verständnisvoll. „Gut Klaus, ich glaube, ich verstehe dich. Was passierte..."

„Nichts verstehst du!", fuhr ihm Professor Freudenberg ärgerlich ins Wort und plötzlich schrie er mit einem wilden Gesichtsausdruck in die Runde: „Gar nichts versteht ihr! Da gibt es nichts zu verstehen!" Dann sackte er in sich zusammen und sagte wie zu sich selbst: „Das ist es ja gerade: Ich verstehe es nicht!"

Alle im Raum hielten die Luft an und warteten gespannt, was weiter folgen würde. Professor Freudenberg blickte plötzlich auf, als seien ihm erst jetzt wieder die Anwesenden zu Bewusstsein gekommen. Verlegen stammelte er eine Entschuldigung.

„Ist ok, Klaus", sagte Dr. Martin. „Möchtest du uns berichten, was dann weiter geschah?"

„Ja ... also ..." Professor Freudenberg wirkte plötzlich müde und zerstreut. „Nachdem sich dieser furchtbare Laut gelöst hatte, starrte der Mann zu Boden. Ich weiß nicht, wie lange ich gebraucht habe, um mich von meinen Gefühlen halbwegs zu erholen. Mir kam es wie eine Ewigkeit vor. Jedenfalls versuchte ich mich dann zusammen zu reißen und begann mit der Anamnese. Die ergab, wie gesagt, keinerlei Hinweise auf eine wahnhafte Störung. Nur den Fragen nach diesem nächtlichen Erlebnis wich er zunächst aus. Er könne es nicht beschreiben. Auf mein Drängen hin erzählte er dann, dass er plötzlich mitten in der Nacht erwacht und ‚aus der Wirklichkeit herausgefallen' sei – so hat er sich wörtlich ausgedrückt. Wie lange der Anfall gedauert habe, könne er nicht sagen. Es sei eigentlich eher so, dass der Anfall noch anzudauern scheine, denn er habe das Gefühl, nicht mehr wirklich zu sein. Zwar sei er seinen morgendlichen Verrichtungen wie gewöhnlich nachgegangen, habe geduscht, sich angekleidet, gefrühstückt und so weiter. Auf die Zeitung habe er sich allerdings nicht konzentrieren können. Dann sei er zur Arbeit gegangen, habe seine Mails gelesen und an einem Meeting teilgenommen. Wie seiner Frau schon am Morgen sei auch seinen Kollegen und Mitarbeitern nichts aufgefallen, zumindest hätten sie sich nichts anmerken lassen. Doch ihm selbst komme es so vor, als befände er sich plötzlich in einem Schwarz-Weiß-Film. Alle Farben seien weg. Wobei es dies nur unzureichend treffe. Es sei vielmehr alles weg. Mehr könne und wolle er dazu nicht sagen. Es müsse sich ja ganz eindeutig um eine wahnhafte Störung handeln, die ich als Kapazität auf diesem Gebiet sicherlich zu behandeln wisse. Wenn dies nicht der Fall sei, würde er sich nach einem anderen Arzt umsehen."

Professor Freudenberg hatte den Bericht fast mechanisch abgespult und schaute nun Dr. Martin fragend an.

„Das war es schon fast", fuhr er schließlich fort.

„Ich sagte dem Mann, dass ich noch keine klare Diagnose stellen könne, dass ich dazu Zeit brauche und auch nicht wisse, ob ich ihm überhaupt helfen könne.

Ob es nicht irgendwelche Medikamente gäbe, die ihn wieder in den Normalzustand versetzen könnten, fragte er verzweifelt.

Ich sagte ihm, dass ich zunächst verstehen müsse, was das überhaupt für ein Zustand sei, in dem der sich befinde, und solange ich das nicht wisse, sei eine medikamentöse Behandlung absolut kontraindiziert. Ich könne ihm aber anbieten, sich zur Beobachtung stationär einweisen zu lassen. Das wollte er aber auf keinen Fall.

Suizidgefährdet erschien er mir nicht.

Wir einigten uns dann auf einen weiteren Termin. Morgen, um neun bereits!"

Professor Freudenberg verstummte und wirkte sehr verzweifelt.

„Gut", setzte er dann nach, „die Beschreibung dieses Wahnanfalls, wie er es genannt hat, passt natürlich recht gut zu einem Entfremdungssyndrom. Das wäre auch mein vorläufiger Befund. Aber die Anamnese ergab, wie gesagt, keinerlei psychotische oder psychogene Auffälligkeit. Ihr habt ja diesen Menschen nicht erlebt! Ich weiß nicht, irgendwie war es bei ihm anders als bei den Entfremdungssyndromen, die ich bisher kennen gelernt habe."

In der Tat fanden die meisten seiner Kollegen, dass die Beschreibung der Symptome des Patienten sehr gut auf ein Entfremdungssyndrom passte. Doch Professor Freudenberg war ein sehr erfahrener Psychiater und vor allem auf dem Gebiet der wahnhaften Psychosen und Störungen war er eine bedeutende Kapazität. Wenn er Zweifel hatte, dann musste er gute Gründe haben. Offensichtlich fiel der Patient durch alle Diagnoseraster. Oder steuerte Professor Freudenberg auf ein Burnout zu? Die anderen Gruppenmitglieder schienen fieberhaft nachzudenken, aber keiner ergriff das Wort.

Dr. Martin brach das Schweigen. „Für mich sind es vor allem zwei Punkte, die bemerkenswert sind, und die wir vielleicht noch näher beleuchten sollten.

Erstens ist da der Patient mit diesem unklaren Befund. Was ist mit ihm? Handelt es sich überhaupt um einen psychiatrisch relevanten Befund?

Und zweitens ist da deine starke und irgendwie sehr persönliche Reaktion auf ihn, insbesondere auf diesen Laut. Nun, das ist wirklich sehr merkwürdig, finde ich. Ich frage mich, was es mit diesem Laut auf sich hat, der dich so erschüttert hat? Kannst du das noch etwas ausführlicher beschreiben? Hat dich dieser Laut an irgendetwas erinnert? Hast du so etwas schon einmal gehört? Was assoziierst du damit?" Dr. Martins Augen blickten Professor Freudenberg freundlich und aufmunternd an.

„Ja, da ist etwas, was ich dazu sagen kann. Da war plötzlich eine alte Erinnerung sehr präsent. Ich war so etwa fünf oder sechs Jahre alt. Einer meiner Opas war gerade, noch relativ jung, an einer Krankheit gestorben. Ich weiß noch genau, wie meine Mutter eines Morgens mein Zimmer betrat und mit einem mir vollkommen unpassend erscheinenden Gesichtsausdruck die traurige Nachricht überbrachte, denn sie lächelte dabei. Für mich war es die erste Erfahrung mit dem Tod eines nahestehenden Menschen.

Ich wohnte damals mit meinen Eltern in einem

kleinen Einfamilienhaus. Im ersten Stock befanden sich das Bad, das Schlafzimmer meiner Eltern und mein eigenes Zimmer. Als aber meine Schwester einige Zeit nach dem Tod meines Opas geboren wurde, kam sie wegen der unmittelbaren Nähe zu den Eltern in mein Zimmer und ich musste ins Dachgeschoss umziehen. Dort befand sich ein großes Zimmer, das ich nun bekam. Ansonsten gab es da oben nur noch eine dunkle, unheimliche Rumpelkammer, in der allerlei Hausrat abgestellt war.

Ich konnte in meinem neuen Zimmer nach dem Zubettgehen oft nicht einschlafen. Ich fürchtete mich. Das Haus war recht alt und das Gebälk knackte ständig irgendwo. In dieser Zeit fing ich an, mich sehr intensiv mit dem Tod zu beschäftigen. Wenn ich abends nicht einschlafen konnte, versuchte ich mir meinen eigenen Tod vorzustellen. Ich wollte verstehen, was es bedeutet, tot zu sein. Das gelang mir natürlich nicht. Aber es machte mir Angst. Dies war, denke ich, die Zeit meines existenziellen Erwachens. Ich entdeckte mein Ich und damit meine Vergänglichkeit. Ich war auf das Nichts gestoßen. Aber das verstand ich damals natürlich noch nicht.

Einmal ging ich hinunter zu meinen Eltern, die noch wach waren und im Wohnzimmer saßen. Ich sagte zu ihnen: ‚Ich muss einmal sterben!' Diesen Satz habe ich noch genau in Erinnerung. Er war nicht als Frage formuliert, aber es war klar, dass ich nach einer Erklärung verlangte. Doch meine Eltern waren weder religiöse Menschen, noch schienen sie sich anderweitig mit diesem Thema auseinandergesetzt zu haben. Sie hatten mir dazu nichts zu sagen. ‚Du bist doch noch viel zu jung, um über so etwas nachzudenken!', war alles, was ihnen dazu einfiel."

Professor Freudenberg blickte zu Dr. Martin auf, der ihn immer noch freundlich anblickte.

„Ja, diese Erinnerung", fuhr er nach einer Weile fort, „stand plötzlich wie ein dunkles, dichtes Gemälde vor meinem inneren Auge und schien mich förmlich tief in sich aufsaugen zu wollen."

Dr. Martin nickte, so als ob er nun alles verstehe. „Ja", sagte er sanft, „das ist eine starke Erinnerung gewesen, die da in dir ausgelöst wurde. Ich kann verstehen, warum dich das so aufgewühlt hat." Er schien zu überlegen, dann fuhr er fort: „Was willst du nun tun?"

Professor Freudenberg war durch diese plötzliche Hinwendung zu einer praktischen Frage sichtlich verwirrt. „Ja, also ...", stotterte er, „also ... ich weiß nicht so recht. Mir ging es zunächst darum, Zeit zu gewinnen. Ich weiß nicht, ob ich diesem Fall gewachsen bin. Vielleicht sollte ich ihn besser an einen Kollegen überweisen." Er hielt inne und dachte nach.

„Andererseits zieht mich an dem Ganzen auch irgendetwas stark an. Ich weiß nur eines ganz sicher: Ein normales psychiatrisches Arzt-Patienten-Verhältnis kann daraus nicht werden. Das Ganze scheint mich irgendwie existenziell zu berühren."

„Ich brauche dir wohl nichts von dem Risiko einer solchen Konstellation zu erzählen. Und von der Verantwortung, die du deinem Patienten gegenüber trägst. Aber es könnte natürlich auch eine Chance darin liegen, sowohl für dich, als auch für den Patienten."

Dr. Martin sprach nicht weiter und schien einen Gedanken abzuwägen. Dann fügte er hinzu: „Ich kann dir anbieten, dich in diesem Fall zu supervidieren, wenn du den Fall trotz des Risikos übernehmen möchtest. Ich denke, das wäre eine verantwortliche Weise, damit umzugehen." Er schaute Professor Freudenberg fest in die Augen. „Was meinst du?"

Professor Freudenberg rang offensichtlich mit sich selbst. „Ja, das könnte ein Ansatz sein", sagte er schließlich zögernd. „Ich werde es mir überlegen."

„Gut. Und nun zu dem Patienten selbst", fuhr Dr. Martin fort. „Du schließt also ein klassisches Entfremdungssyndrom aus? Für mich hörte sich das aber tatsächlich so an. Was macht dich so sicher?"

„Nun, wie gesagt, das Fehlen irgendeines sonstigen Hinweises auf einen psychogenen, geschweige denn psychotischen Hintergrund. Ich meine, es gibt ja auch Entfremdungsgefühle, die aufgrund einer existenziellen Sinnkrise auftreten. Dies könnte hier vielleicht der Hintergrund sein, und vielleicht ist das ja auch der Grund, dass es mich persönlich so berührt. Denn diese Art Krisen kenne ich nur zu gut."

„Verstehe!" Dr. Martin rieb sich das Kinn. „Die Frage ist also, ob wir es überhaupt mit einem pathologischen Befund zu tun haben. Vielleicht hat der Mann wirklich einfach nur eine Sinnkrise, die er nicht an sich heranlassen will. Es ist aber schon merkwürdig, dass er die wahnhafte Störung ins Spiel gebracht hat und sich sofort an die Psychiatrie wendet. Das spricht nicht unbedingt für eine Sinnkrise."

„Ja", bestätigte Professor Freudenberg, „das stimmt. Aber er arbeitet, wie gesagt, im höheren Management. Diese Menschen sind es gewohnt,

Dinge anzupacken und Lösungen herbeizuführen. Vielleicht erscheint ihm das einfach als der effizienteste Weg, sein nächtliches Erlebnis zu bewältigen. Und da er von einer wahnhaften Störung ausgeht, wäre es nicht ganz unlogisch, sich an jemanden wie mich zu wenden."

„Ja, das könnte sein", antwortete Dr. Martin. „Wie schnell stößt man bei Google auf deinen Namen, wenn man das Stichwort ‚wahnhafte Störung' eingibt?"

„Ich habe es noch nicht ausprobiert", gab Professor Freudenberg sichtlich geschmeichelt zurück. „Aber nur einmal angenommen, es wäre so. Der Mann hat also eine Art existenzielle Krise, die ihn plötzlich nachts überfällt. Vielleicht sind da ein paar drängende Fragen sein eigenes Leben betreffend, die er bisher zurückgehalten und verdrängt hat und die nun mit aller Macht durchbrechen. Was braucht er dann? Doch wohl kaum einen Psychiater!"

„Naja, warum nicht?", mischte sich nun endlich einer der anderen Teilnehmer ein. Es war Herr Ratgeber, ein Kollege, der seinen Namen zum Programm gemacht hatte. Er war kein Psychiater, sondern ein psychologischer Psychotherapeut, der in seiner Praxis nicht nur neurotische Leiden behandelte, sondern vor allem auch Menschen empfing, die sich nicht als krank empfanden, sondern einfach nur Lebensrat suchten und bereit waren, dafür viel Geld zu zahlen. Er hatte sich mittlerweile einen Namen gemacht und beriet auch immer mehr Manager, die in eine Lebens- oder Arbeitskrise geraten waren.

„Ich meine, natürlich würde er eher zu meinem Klientel passen, aber wenn er jemand ist, der die

‚große wissenschaftliche Kapazität' braucht, warum nicht?"

Herr Ratgeber und Professor Freudenberg waren nicht gerade durch gegenseitige Sympathie verbunden, und Professor Freudenberg vermutete, dass Herr Ratgeber sich mit diesem Manöver nur den Fall selbst an Land ziehen wollte. Immerhin handelte es sich hier um einen Mann, der ganz sicher kein Problem hatte, einen hohen Stundensatz zu zahlen. Das stachelte Professor Freudenbergs Ehrgeiz an und deshalb nahm er den Ball auf.

„Da hast du nicht Unrecht, Rolf! Und außerdem könnte es ja immerhin auch so sein, dass doch ein psychotischer Hintergrund vorhanden ist. Da wäre es sogar von Vorteil, wenn er bei mir in Behandlung wäre, nicht wahr?"

„So ist es, Klaus! Also, machst du es? Lässt du dich darauf ein?" Herr Ratgeber ärgerte sich über die versteckte Anspielung auf seine mangelnde psychiatrische Qualifikation, ließ sich aber nichts anmerken.

„Ich weiß es noch nicht. Aber die Sitzung hat mir sehr geholfen, etwas mehr Klarheit in die Sache zu bekommen. Ich danke euch. Ich denke, ich werde zunächst morgen den Termin absolvieren, um mich dann endgültig zu entscheiden."

Er wandte sich Dr. Martin zu. „Ich danke dir für dein Angebot, Jan. Ich denke, es würde mir helfen, wenn du mich supervidieren könntest."

Dr. Martin kramte seinen Kalender hervor. „Na, dann halten wir doch mal für alle Fälle einen Termin fest. Wie wäre es mit nächsten Montag um fünfzehn Uhr?"

„Ok, ist notiert", gab Professor Freudenberg erleichtert zurück.

„Gut, dann belassen wir es vorerst dabei, wenn das für dich in Ordnung ist, Klaus?"

Professor Freudenberg nickte und Dr. Martin wendete sich nun dem Anliegen eines anderen Teilnehmers zu.

2

Herr Reig betrat Punkt neun das Sprechzimmer. Professor Freudenberg hatte dem Termin bereits mit gemischten Gefühlen entgegen gesehen. Er war sich immer noch nicht sicher, ob er sich auf eine Behandlung einlassen oder Herrn Reig doch lieber an einen Kollegen überweisen sollte.

Herr Reig unterschied sich in seiner äußeren Erscheinung nicht vom gestrigen Tage. Er entsprach dem perfekten Bild eines Menschen, der zu repräsentieren gewohnt ist. Die Eleganz seines Outfits war beeindruckend. Doch wieder hatte er einen ernsten und etwas gehetzten Gesichtsausdruck, der nicht so recht zum Rest seiner Erscheinung passen wollte.

Er steuerte mit geradem Schritt auf Professor Freudenberg zu und reichte ihm die Hand zu einem festen Händedruck. Die beiden Männer blickten sich in die Augen und jeder schien ergründen zu wollen, mit wem er es zu tun hatte.

„Guten Morgen, Herr Professor Freudenberg."

„Guten Morgen, Herr Reig", antwortete Professor Freudenberg und lächelte Herrn Reig freundlich an. Er entschied sich, nicht den Anfang des Gespräches zu machen, und wartete stattdessen ab.

Herr Reig war davon offensichtlich irritiert, denn er hob fragend die Augenbrauen. „Nun", begann er schließlich, „sind Sie zu einem Schluss gekommen? Können Sie mich behandeln?"

Professor Freudenberg schwieg noch einen Moment und antwortete schließlich in bedächtigem Tonfall: „An meiner diagnostischen Einschätzung hat sich auch nach einer Beratung mit meinen Kollegen nichts geändert. Ich kann keine klare Symptomatik für eine wahnhafte Störung finden. Auf der anderen Seite wären Sie wohl kaum hier, wenn Sie nicht irgendetwas quälen würde. Die Frage ist nur: Was genau ist das?

Diese Frage gilt es zu klären, und dann können wir auch entscheiden, was die geeignete Fachrichtung und was eine geeignete Behandlungsmethode sein könnte."

Professor Freudenberg zögerte einen Augenblick und dann traf er eine intuitive Entscheidung. „Ich würde Sie gerne bei der Klärung dieser Frage begleiten." Er schaute nun Herrn Reig fest in die Augen und beobachtete dessen Reaktion.

Herr Reig war anscheinend nicht besonders erfreut, denn er verzog das Gesicht. Er wollte das Problem gelöst haben, und zwar möglichst schnell. Doch er war auch intelligent genug einzusehen, dass dies wohl nicht so ohne weiteres möglich sein würde. Dennoch gab er nicht so schnell auf. „Es muss doch irgendein Medikament geben, das mir meine gewohnte Leistungsfähigkeit zurückgibt. Sehen Sie, ich bin kurz vor einem wichtigen Karriereschritt. Ich kann es mir jetzt gerade nicht erlauben, einen Gang herunter zu schalten."

„Ich bin, wie gesagt, bereit", antwortete Professor Freudenberg in einem ruhigen und sachlichen Tonfall, „Sie dabei zu begleiten, die Ursache Ihres Problems zu finden. Solange das Problem aber so wenig verstanden ist, wie es bisher der Fall ist, möchte ich Ihnen kein Medikament verschreiben – außer vielleicht ein beruhigendes Naturheilmittel. Das wäre nicht seriös und auch würde es wohl kaum helfen, sondern vielleicht am Ende noch ein zusätzliches Problem hinzufügen. Wenn Sie möchten, dass ich Sie begleite, dann müssen Sie das akzeptieren."

„Begleiten, begleiten", wiederholte Herr Reig genervt. „Diese Psychotherapeutensprache, wenn ich die schon höre! Ich brauche keine Psychotherapie, ich brauche effiziente, wissenschaftlich-medizinisch fundierte Hilfe. Deswegen bin ich zu Ihnen gekommen und nicht zu irgendeinem Seelenklempner. Sie sind Psychiater, und das ist meinem Verständnis nach etwas ganz anderes als ein Psychotherapeut, der mir irgendwelche frühkindlichen Traumata oder Störungen in der psychosexuellen Entwicklung einreden will. Ich kann es mir nicht leisten, mich für die nächsten zwei Jahre auf eine Couch zu legen und irgendwelchen freien Assoziationen nachzuhängen!"

Professor Freudenberg schmunzelte. „Sie kennen sich offenbar recht gut aus. Und in der Tat, ich will Ihnen nicht verhehlen, dass mir Ihr Problem eher einer psychotherapeutischen Behandlung zu bedürfen scheint, zumindest nach dem Wenigen, was ich bisher weiß. Aber dies ist eher ein Bauchgefühl, als dass es, wie gesagt, auf einer klaren Diagnose beruht.

Die Trennlinie zwischen diesen beiden Professionen ist allerdings vielleicht nicht ganz so scharf, wie Sie es sehen mögen. Sicherlich dürfen nur Psychiater Psychopharmaka verschreiben, und das ist es ja wohl, was Sie sich als eine schnelle Problemlösung wünschen, nicht wahr?

Aber auch Psychiater arbeiten häufig mit psychotherapeutischen Methoden. Und wie ich eben schon sagte: Ich würde mich Ihrer Symptomatik zunächst psychotherapeutisch nähern wollen. Allerdings kann ich Sie beruhigen: ohne Couch. Ich selbst bin kein großer Anhänger der klassischen Psychoanalyse, und darum geht es hier ja auch gar nicht. Es würde zunächst einfach nur darum gehen, mehr über Sie und die Problematik, deretwegen Sie sich an mich gewendet haben, zu erfahren. Und dafür eignet sich..."

Professor Freudenberg zögerte und dachte nach, bevor er weitersprach. „Dafür eignet sich meiner Meinung nach ein dialogisches Gespräch am besten. Auch müssten wir parallel eine gründliche somatische Abklärung vornehmen lassen, um eine körperliche Ursache der Symptomatik auszuschließen."

Er verstummte und schaute Herrn Reig erwartungsvoll an. Jetzt hatte ihn das Interesse an dem Fall gepackt und er fürchtete fast eine ablehnende Antwort.

Herr Reig schien verzweifelt und schwieg finster. Dann sprang er plötzlich auf und lief im Raum hin und her. Dabei sagte er erregt wie zu sich selbst: „Ich kann so nicht arbeiten! So geht das nicht! Es macht alles keinen Sinn mehr! Wenn ich dermaßen neben der Spur bin, dann werde ich den Deal nicht über die Bühne bringen!"

Daraufhin schien er sich wieder der Anwesenheit Professor Freudenbergs bewusst zu werden und wendete sich ihm abrupt zu. „Ok! Machen wir es. Nur machen wir es schnell! Wie gehen wir vor? Was sind die nächsten Schritte?" Er nahm wieder Platz und schaute Professor Freudenberg auffordernd an.

Dieser hatte den Eindruck, sich plötzlich in einem Geschäftsmeeting zu befinden, dem Herr Reig vorstand. Es hätte ihn nicht gewundert, wenn als nächstes die Agenda präsentiert würde: Erster Punkt – Gespräch, zweiter Punkt – Lösungsansätze, dritter Punkt – Entscheidung.

Doch so ging das nicht. Ihm kamen Zweifel, ob seine Entscheidung richtig gewesen war. Immerhin war es nicht ganz unheikel, was er hier unternahm. Erstens war er immer noch irgendwie sehr emotional in den Fall involviert, was er auch jetzt gerade wieder spürte. Zweitens war er Psychiater und kein Psychotherapeut. Es stimmte zwar, dass auch Psychiater manchmal mit psychotherapeutischen Methoden arbeiteten, aber es war nicht ihre originäre Aufgabe, eine Psychotherapie durchzuführen. Dennoch, dieser Fall interessierte ihn, und er wollte Herrn Reig jetzt nicht an einen Psychotherapeuten überweisen.

Professor Freudenberg bemerkte, dass er ungeduldig von Herrn Reig beobachtet wurde. Er beendete seine Überlegungen und widmete sich seinem neuen Patienten. „Gut, Herr Reig. Es freut mich, dass Sie mit mir zusammen arbeiten wollen. Fangen wir also an! Zunächst einmal möchte ich von Ihnen wissen, wie es Ihnen heute geht?"

Herr Reig schien von dieser Frage nicht sehr begeistert zu sein. „Wie soll es mir gehen? Eigentlich geht es mir wie immer: Gut! Alles bestens, bis eben auf dies."

„Was meinen Sie mit ‚dies'?"

„Dieses eigenartige Gefühl, das ich seit jenem nächtlichen Anfall habe."

„Was ist das für ein Gefühl?"

„Das ist es ja eben: Es lässt sich nicht mit Worten beschreiben. Es ist einfach da."

„Wo sitzt dieses Gefühl? Hat es einen Ort im Körper?"

„Nein. Es ist nirgendwo und überall."

„Sie sagten, das Gefühl sei einfach da. Wie ist es da, wie macht es sich bemerkbar?"

„Nun es ist eben einfach da." Herr Reig strengte sich nun sichtlich an, Worte für das zu finden, was ihn so plagte. „Es ist so ein Gefühl ... ein Gefühl als ob ... ja, als ob alles unwirklich geworden sei. Alles um mich herum. Ich meine ... also zum Beispiel dieser Schreibtisch hier vor uns. Sehen Sie den?"

Professor Freudenberg nickte.

„Nun, ich sehe ihn auch. Ich fasse ihn an und spüre ihn. Ich weiß, dass dies ein Schreibtisch ist, ein Gegenstand aus Holz, bestehend aus einer quadratischen Platte und vier Beinen, ein Möbelstück, das zum Arbeiten benutzt wird, zum Schreiben, ein Schreibtisch eben! Sehen Sie, das ist mir alles vollkommen klar, es ist so, wie es immer war, daran hat sich gar nichts geändert. Und doch ist alles anders. Denn dies ist kein Schreibtisch! Es ist ein vollkommen unwirklicher Gegenstand! Ja, es ist noch nicht einmal ein Gegenstand! Es ist ein ..." Er rang verzweifelt nach Worten.

Und plötzlich schrie er: „Verdammt noch mal, ich begreife es einfach nicht! Warum ist das kein Schreibtisch mehr? Können Sie mir das sagen, Herr Professor? Kommen Sie, sagen Sie es nur, wie viele Wahnsinnige hatten Sie hier schon sitzen, die plötzlich ein Problem mit einem Schreibtisch hatten? Oder mit diesem Stuhl hier? Oder der Wand da? Wirklich noch keinen solchen Fall gehabt?"

Professor Freudenberg antwortete ruhig und

freundlich: „Ich bezeichne keinen meiner Patienten als ‚Wahnsinnigen', Herr Reig, und ich halte auch Sie nicht für wahnsinnig.

Ich bin sehr froh, dass Sie den Mut hatten, über dieses Gefühl zu sprechen. Denn ich glaube, wir sind jetzt ein ganz schönes Stück weitergekommen. Was Sie da beschreiben, ist tatsächlich ein psychiatrisch bekanntes Phänomen. Man nennt es Entfremdungssyndrom."

„Entfremdungssyndrom, aha!" Herr Reig wirkte ernüchtert. „Und was bedeutet das jetzt? Wissen Sie jetzt, welches Medikament ich brauche?"

„Nein, leider nicht. Das Problem ist, dass man unter einem Syndrom zunächst nur das Zusammentreffen mehrerer Symptome versteht. Es sagt aber oft noch nichts über die Ursache aus. Ich hatte diesen Befund auch gestern schon erwogen. Doch er sagt eben noch nicht sehr viel aus. Denn für ein Entfremdungssyndrom können verschiedene Ursachen in Betracht kommen. Es kann zum Beispiel im Zusammenhang mit einigen schweren psychischen Krankheiten auftreten. Doch auf eine solche sogenannte Psychose konnte ich bisher bei Ihnen keinerlei Hinweise finden.

Umso wichtiger ist die somatische Abklärung, denn eine sogenannte endogene Psychose, also eine körperlich bedingte Krankheit mit einer starken Auswirkung auf die Psyche, könnte auch eine mögliche Ursache sein. Aber ich kann Sie beruhigen: Das ist nur eine Sicherheitsmaßnahme, denn dass es sich hier um eine endogene Psychose handelt, glaube ich nicht.

Ein Entfremdungssyndrom kann aber auch auf bestimmte psychogene Erkrankungen hinweisen, zum Beispiel auf eine Überlastungsreaktion oder eine Depression. Also das, was man auch unter dem Begriff ‚Neurose' kennt."

Als Herr Reig dieses Wort hörte, nahm er eine abwehrende Haltung ein, und Professor Freudenberg bereute sofort, dass er es verwendet hatte. Mit dieser Reaktion war zu rechnen gewesen. Für Herrn Reig war es sicher einfacher, irgendeinen körperlichen Defekt als Ursache seines Problems präsentiert zu bekommen, den man mit Medikamenten therapieren konnte, als so etwas nebulöses wie eine Neurose. Aber wenn überhaupt, hatte dieser Mann sicherlich eine neurotische Störung.

Allerdings, wenn es so war, dann zeigte sich diese Neurose bisher eben nur über dieses Syndrom. Und das wäre schon relativ ungewöhnlich. Auch wäre es ungewöhnlich, dass eine solche Neurose plötzlich über Nacht auftreten und sich festsetzen würde. Eine schleichende Entwicklung wäre wohl viel plausibler. Aber es könnte immerhin sein, dass Herr Reig deutlich mehr von irgendetwas belastet wurde, als er es sich eingestehen konnte. Vielleicht entsprach die Vorstellung, überlastet zu sein, so wenig seinem Selbstbild, dass er ein starkes Bollwerk dagegen errichtet hatte. Das hatte zunächst alles von ihm abgehalten – und nun zeigte sich der erste Riss.

„Niemand hört gerne, dass er neurotisch ist", fuhr Professor Freudenberg fort. „Das liegt aber auch teilweise an der negativen Konnotation dieses Wortes im umgangssprachlichen Gebrauch. Eine Neurose ist aber nichts anderes als eine ganz normale Reaktion unserer Psyche auf eine starke Belastungssituation, sei es familiärer oder beruflicher oder auch existenzieller Natur.

Sie arbeiten im Management und stehen vor einem wichtigen Karriereschritt, wie Sie sagten. Können Sie mir mehr davon erzählen?"

„Das tut doch hier nichts zur Sache", wendete Herr Reig abwehrend ein.

„Nun, das klingt aber doch immerhin nach einer Situation, die mit gewissen Anforderungen und also auch Belastungen verbunden sein könnte. Sie sagten ja selbst, dass Sie jetzt keinen Gang herunterschalten könnten."

„Das ist richtig. Aber das hat mir noch nie etwas ausgemacht. Ich liebe Herausforderungen, ich habe sie schon immer gesucht. Auf der Stelle zu treten, ist meine Sache nicht. Mich würde es eher belasten, keine Herausforderungen zu haben."

„Können Sie mir trotzdem kurz berichten, worin genau die Herausforderung besteht?"

„Ja, also, das ist noch nicht veröffentlichungsfähig. Es ist gewissermaßen noch geheim."

„Erstens habe ich ärztliche Schweigepflicht und zweitens müssen Sie keine Namen nennen."

„Also gut, wenn Sie meinen. Es geht darum, dass ich dabei bin, unser Bankhaus mit einer anderen Bank zu fusionieren. Und momentan geht es um die Verteilung der Vorstandsposten im neu entstehenden Konzern."

„Welche Funktion haben Sie denn zurzeit inne?"

„Ich bin Vorstandsvorsitzender."

„Oh lala, das ist aber schon was! Also ich stelle mir das sehr anstrengend vor."

„Ja klar, aber das ist nicht das Problem. Da bin ich mir absolut sicher."

„Und welche Funktion streben Sie im neuen

Konzern an?"

„Darüber verhandeln wir ja gerade. Und wenn alles planmäßig läuft, werde ich durch diese Fusion einen großen Karrieresprung machen. Wir sind ein relativ kleines Bankhaus, deshalb war mir von Anfang an klar, dass wir uns im globalen Markt nicht würden halten können, wenn das auch die Eigentümerfamilie lange Zeit nicht wahrhaben wollte. Doch schließlich ist es mir gelungen, sie davon zu überzeugen. Wenn alles klappt, werden wir in eine große Bank, in einen echten Global Player integriert, und ich verhandele gerade über meinen zukünftigen Posten im Vorstand, sozusagen als Gegenleistung für meine Kooperation bei der Übernahme. Und wenn ich da erst einmal drin bin, dann setzte ich mir als nächstes Ziel, dort den Vorstandsvorsitz zu übernehmen. Ich bin eben ein Mensch mit ambitionierten Zielen!

Aber noch einmal: Das ist zwar alles recht anstrengend, aber für mich ist es eine positive Anstrengung, so wie man sich gerne im Sport anstrengt. Ich mache das nicht nur wegen des Geldes, obwohl es natürlich ein angenehmer Nebeneffekt ist. Ich war schon immer ein Leistungsmensch. Bisher jedenfalls, und ich möchte auch, dass es so bleibt!"

Professor Freudenberg nickte nachdenklich. „Also gut, das klingt überzeugend. Ich will Ihnen auch gar nichts einreden. Gibt es denn im familiären Bereich etwas, was Sie belasten könnte, auch wenn es Ihnen jetzt möglicherweise gar nicht so belastend erscheint? Wie ist das Verhältnis zu Ihrer Frau?"

„Gut! Ich habe eine tolle Frau, sie sieht sehr gut aus, ist intelligent. Sie ist Juristin und arbeitet trotz unserer Kinder bereits wieder als erfolgreiche Anwältin. Wir lieben beide unsere Arbeit. Und wir verdienen natürlich dadurch auch viel Geld. Es macht uns allerdings auch viel Spaß, es wieder auszugeben. Und obwohl wir viel arbeiten, schaffen wir uns genügend Freiräume dafür. Das ist nur eine Frage der Organisation."

„Was ist mit Ihren Kindern. Sie sind vier und sechs, sagten Sie?"

„Oh, wir haben wunderbare Kinder. Und sie sind bestens versorgt. Wir haben zwei privat angestellte Erzieherinnen, die sich abwechseln. Meine Frau kann ihre Zeit außerdem relativ gut einteilen. Sie verlässt das Haus nicht vor halb neun und ist meistens spätestens um fünf zu Hause. Ich denke, das ist für unsere Kinder absolut in Ordnung."

„Na, das klingt ja alles bestens. Nun, das bestätigt mein Gefühl, dass es mit Ihrem Fall irgendetwas Besonderes auf sich hat. Ich bin nicht nur wissenschaftlich gut ausgebildet, sondern ich habe wirklich auch viel praktische Erfahrung, das können Sie mir glauben. Und außerdem hat man ja auch so etwas wie Intuition. In Ihrem Fall hatte ich tatsächlich von Anfang an das Gefühl, dass er nicht in die üblichen Raster einzuordnen ist."

Herr Reig lächelte zum ersten Mal, seit Professor Freudenberg mit ihm zu tun hatte. Diese Worte schienen ihn sehr zu erleichtern. Doch schnell wurde er wieder ernst und entgegnete: „Ja, so sehe ich das auch. Aber dennoch ist nichts in Ordnung!"

„Wir sind leider am Ende unserer Zeit, Herr Reig. Lassen Sie mich zum Schluss aber noch eines sagen: Auch wenn Ihr Fall irgendwie außergewöhnlich zu sein scheint, es muss dennoch eine

Ursache geben für Ihr nächtliches Erlebnis und dieses Entfremdungsgefühl, das Sie seitdem plagt. Und wir brauchen einen Anknüpfungspunkt, irgendeinen Hinweis, der uns weiterbringen kann."

Professor Freudenberg dachte nach, dann fuhr er fort: „Sehen Sie hier dieses Bild an der Wand?" Er wies auf ein Plakat, auf dem ein großer Eisberg zu sehen war, der im Meer schwamm. Er war so dargestellt, dass man nicht nur den kleinen, über die Wasseroberfläche hinausragenden Teil sehen konnte, sondern auch den wesentlich größeren Teil, der sich unter der Wasseroberfläche befand.

„Sehen Sie den kleinen Teil des Eisberges über der Wasseroberfläche? Das entspricht unserem Bewusstsein. Der darunter liegende Teil entspricht unserem Unterbewusstsein. Wir wissen nicht genau, was da alles so los ist. Und doch macht es vermutlich den weit größeren Teil unseres Seelenlebens aus. Ich möchte Sie um zwei Dinge bitten und diese Ihnen sozusagen als Hausaufgabe mitgeben.

Erstens: Meditieren Sie mit diesem Bild des Eisbergs. Nehmen Sie sich ein paar Minuten am Tag und stellen Sie sich einfach dieses Bild vor. Beobachten Sie dabei, ob aus der Tiefe irgendwelche Dinge, Bilder oder Erinnerungen hochsteigen. Versuchen Sie diese nicht zu beurteilen oder zu bewerten, zensieren Sie nichts!

Und zweitens: Fertigen Sie bitte bis zum nächsten Mal einen Lebenslauf an, bei dem es vor allem darauf ankommt zu beschreiben, wie Sie zu dem Menschen geworden sind, der Sie heute sind. Was für ein Umfeld, was für Erlebnisse haben Sie geprägt? Wie alt waren Sie da jeweils? Was hat das für Sie bedeutet und welche Entscheidungen haben Sie getroffen? Darum soll es gehen und weniger um exakte Daten und Fakten. Meinen Sie, das wäre Ihnen möglich?"

Herrn Reigs Miene verfinsterte sich. „Also doch Psychokram! Sie wollen doch auf die Neurose hinaus!"

„Wir müssen irgendeinen Anknüpfungspunkt finden, Herr Reig, wenn wir Ihr Problem lösen wollen. Haben Sie einen besseren Vorschlag?"

„Sie sind der Arzt!"

„Letztlich, Herr Reig, kann man immer nur sich selbst helfen. Im Bereich der psychotischen Störungen mag das anders sein. Da kann man oft gar nicht wirklich das Problem lösen und mit Medikamenten nur eine gewisse Linderung der Symptome oder eine Verlangsamung des Krankheitsverlaufs erreichen. Doch Sie haben keine psychotische Störung, da bin ich mir mittlerweile ziemlich sicher. Im Bereich der neurotischen Leiden aber können wir nur Hilfe zur Selbsthilfe leisten."

Herr Reig öffnete den Mund, um Einspruch zu erheben, doch Professor Freudenberg ließ ihn nicht zu Wort kommen. „Ich weiß, das mit der Neurose haben wir noch gar nicht geklärt. Ich will Ihnen auch gar keine unterschieben. Lösen wir uns einfach von diesem Begriff.

In den Vereinigten Staaten habe ich einen Kollegen, von dem ich sehr viel halte. Er hat eine Form der existenziellen Psychotherapie entwickelt und damit bei bestimmten Patienten sehr gute Erfolge erzielt. Diese Spielart der Psychotherapie geht davon aus, dass die meisten Probleme vom Patienten selbst geschaffen werden und auch nur von ihm selbst wieder gelöst werden können. Dabei spielt die mehr oder weniger erfolgreiche Bewältigung der existenziellen Grundproblematik, die so eindrucksvoll von der Existenzphilosophie beschrieben wurde, eine große Rolle, also Themen wie Tod, Freiheit, Isolation oder Sinnlosigkeit, mit denen wir Menschen durch unsere spezifische Existenzweise ständig konfrontiert werden. Der Therapeut hat in diesem Fall eine mehr katalytische Funktion. Er arbeitet gemeinsam mit dem Patienten das existenzielle Problem heraus, macht ihm bewusst, dass sein Leiden einfach nur seine ganz eigene Art ist, sagen wir zum Beispiel mit dem Thema Tod umzugehen. Letztlich muss aber der Patient seinen Weg selbst finden, wie er mit diesen Themen umgeht, wie er diesen existenziellen Herausforderungen begegnet.

Und sehen Sie, dieser Lebenslauf und diese Meditation, um die ich Sie bitte, dienen einzig und alleine dazu, irgendeinen Ansatzpunkt zu finden, der im Zusammenhang mit diesem Wahnanfall, wie Sie es nennen, stehen könnte. Meinem Verständnis nach ist das jedoch keineswegs ein Wahnanfall gewesen. Ein Wahn ist, zumindest medizinisch, ganz anders definiert. Es handelt sich vielmehr, wie gesagt, ziemlich eindeutig um ein Entfremdungserlebnis. Und das muss irgendeine Ursache haben. Beruflich und familiär scheint bei Ihnen alles in Ordnung zu sein. So bleibt für mich nur noch der Bereich des Existenziellen. Das ist zumindest meine vorläufige Arbeitshypothese."

Professor Freudenberg schaute Herrn Reig zuversichtlich an. Doch dieser schien nicht besonders überzeugt.

36

„Ja, ich habe schon etwas von Existenzphiloso-phie gehört. Camus und Sartre sind Namen, die mir dazu einfallen, nicht wahr?"

Professor Freudenberg nickte zustimmend.

„Aber mich hat das nie interessiert. Philosophen sind für mich Menschen ohne praktische Lebens-tüchtigkeit. Man kann über das Leben nachdenken oder man kann es leben. Ich bevorzuge letzteres. Ich glaube kaum, dass mir diese existenzielle Psy-chotherapie irgendwie helfen kann. Tod, Sinnlosig-keit! Was soll das? Mein Leben ist nicht sinnlos! Ich hatte immer Ziele, auf die ich hingearbeitet habe. Und der Tod, was nützt es, über ihn nachzudenken? Wenn er kommt, kommt er eben. Im Grunde gibt es den Tod doch gar nicht für die Lebenden. Denn wenn man tot ist, lebt man ja nicht mehr."

„Nun, die Verdrängung zum Beispiel einer tief sitzenden Todesangst könnte aber dennoch die Ursache für ein Entfremdungsgefühl sein. Dafür gibt es klinische Beispiele. Gut, das ist jetzt zugegebe-ner Maßen reine Spekulation. Ich will Ihnen, wie gesagt, auch gar nichts einreden. Ich versuche nur, einen Ansatzpunkt zu finden. Und ich frage Sie noch einmal: Was für eine Idee hätten Sie dafür?"

Herr Reig schien nun zu überlegen. Schließlich gab er zögernd nach. „Gut, gut, ich glaube zwar nicht, dass dabei etwas herauskommt, aber ich werde Ihre ‚Hausaufgaben' machen. Ich habe tat-sächlich auch keine bessere Idee."

„Schön, Herr Reig, und versuchen Sie nichts zu erzwingen oder die Sache unter einem Leistungs-aspekt zu sehen. Lassen Sie einfach fließen, was Ihnen dazu in den Sinn kommt und zensieren Sie nichts - so gut es Ihnen eben möglich ist!"

Die beiden Männer vereinbarten für den über-
nächsten Tag einen weiteren Termin und verab-
schiedeten sich mit einer gewissen Herzlichkeit.

3

Geboren wurde ich genau um fünf Uhr morgens. Meine Geburt soll unproblematisch verlaufen sein. Vielleicht ist das der Grund, dass ich immer genau um diese Zeit meinen Tag beginne.

Mein Vater ist Malermeister. Auch er ist sehr zielstrebig. Nach der Gesellenprüfung setzte er alles daran, so schnell wie möglich seine Meisterprüfung abzulegen. Danach machte er sich selbständig und heute führt er zusammen mit meiner Mutter einen Handwerksbetrieb mit immerhin fünfundzwanzig Angestellten. Deswegen ging es uns finanziell auch immer gut. Meine Mutter machte Abitur und studierte wie ich Betriebswirtschaftslehre, allerdings nur an einer Fachhochschule. Nach sie ihr Studium abgeschlossen hatte, wurde ich geboren. Sie widmete sich dann zunächst bis zu meinem sechsten Lebensjahr meiner Erziehung. Nebenher unterstützte sie bereits meinen Vater, der sich zu dieser Zeit selbständig gemacht hatte, bei der Buchhaltung. Nachdem ich eingeschult worden war, arbeitete sie regelmäßig vormittags in dem bereits auf einige Mitarbeiter angewachsenen Betrieb. Im Prinzip wuchs der Betrieb meiner Eltern zusammen mit mir, was sehr praktisch war, denn so konnte meine Mutter, je selbständiger ich wurde, umso mehr Zeit dafür investieren.

Ich habe wenige Erinnerungen an diese ersten sechs Jahre. Soweit ich weiß und was mir meine Eltern erzählten, lief alles sehr glatt, es gab keine Probleme. Schon im Kindergarten, so wurde mir erzählt, fiel ich dadurch auf, dass ich mich gut durchsetzen konnte und von den anderen Kindern respektiert und teilweise auch bewundert wurde. Besonders kam mir das beim Fußball zugute. Sportlich war ich sowieso und ich hatte auch ein gutes Ballgefühl. Doch ich konnte vor allem eine Mannschaft führen. Der Trainer bemerkte das sehr schnell und deswegen war ich sehr bald der Kapitän unserer Mannschaft.

Zur Einschulung bekam ich von meinen Eltern ein besonderes Geschenk. Es war ein großes ferngesteuertes Modellauto. Ein Ferrari, ich erinnere mich noch genau daran. Er war sehr detailgetreu angefertigt, hatte einen echten Verbrennungsmotor und wenn man lenkte, hörte man ein Reifenquietschen. Die Fernsteuerung war wie ein echtes Autocockpit mit Drehzahl- und Geschwindigkeitsmesser, Tank- und Temperaturanzeige und noch allerlei Warnleuchten gestaltet. Als sie mir das Auto überreichten, sagten meine Eltern, wenn ich in der Schule immer aufpassen und gute Arbeiten schreiben würde, dann könne ich mir später so ein Auto in echt kaufen. Dieses Spielzeug war sehr teuer gewesen, und später erzählten mir meine Eltern, dass sie kurz zuvor die letzten Schulden, die sie für die Betriebsgründung aufgenommen hatten, zurück bezahlt hatten. Das war für sie ein großer Meilenstein gewesen, den sie feierten. Und mir hatten sie aus diesem Anlass dieses besondere Geschenk zum Schulanfang gemacht.

Ich kann meine Eltern in diesem Punkt übrigens nicht verstehen. Um zu wachsen, muss man Schulden machen! Meine Eltern könnten heute ein wirklich großes Unternehmen haben, wenn sie es geschickt angestellt hätten. Aber für sie war seit der Betriebsgründung die Schuldenfreiheit das größte

Ziel. Vielleicht bin ich deswegen Banker geworden. Meine Eltern konnten einfach nicht groß denken. Ich bin ihnen wirklich zu Dank verpflichtet. Sie haben meine Begabung erkannt und gefördert. Aber sie sind letztlich ängstliche Kleinbürger geblieben, die sich nichts getraut haben.

Die Schule fiel mir sehr leicht. Ich hatte aber nicht nur sehr gute Noten, sondern ich war auch so etwas wie ein informeller Anführer. Wer etwas auf sich hielt, versuchte mit mir befreundet zu sein. Ich übersprang eine Klasse und kam deshalb schon mit neun Jahren in die höhere Schule. Glücklicherweise gab es in der Stadt ein wirklich anspruchsvolles Gymnasium, in dem ich halbwegs gefordert wurde. Ich war in allen Fächern gleich gut, ob das nun Sprachen, Mathematik oder Naturwissenschaften waren. Auch im Sport war ich nicht schlecht und verhalf der Schule zu manchem Erfolg.

Meine Eltern finanzierten mir nach dem Wehrdienst den Besuch einer privaten Eliteuniversität, an der ich Wirtschaft studieren und einen international anerkannten Master of Business Administration erwerben konnte. Dort wurde nur in Englisch gelehrt. Es wurde dort auch viel Wert auf praktische Erfahrung gelegt, die man sich in Praktika erwerben musste. Eines dieser Praktika machte ich bei der Bank, bei der ich heute noch arbeite. Man erkannte dort mein Potenzial sehr schnell und bot mir an, nach dem Studium direkt auf der Vorstandsebene einzusteigen. Zunächst war dies zwar nur eine Assistenzstelle. Doch wenn man wirklich das Zeug zum Führen hat, dann ist es nur eine Frage der Zeit, bis man auch eine Führungsposition angeboten bekommt. Ein bisschen Glück muss aber vielleicht auch dazu kommen. In meinem Fall kam es in Gestalt eines Herzinfarktes des Vertriebsvorstandes. Und so gelang es mir, alle lästigen Zwischenebenen zu überspringen und bereits mit siebenundzwanzig Vorstandsmitglied zu sein.

Den Vorstandsvorsitz hatte damals das letzte noch aktive Mitglied der Eigentümerfamilie inne. Er war einer der Urenkel des Gründers und hatte immer noch patriarchalische Unternehmensvorstellungen. Mein Ziel war von Anfang an, seinen Platz einzunehmen. Die Gesetze des globalen Kapitalmarktes verstand er nicht. Und deshalb war das Unternehmen auch nicht mehr besonders erfolgreich. Es befand sich in einer Krise, und der alte Herr wollte nicht erkennen, dass er und sein Festhalten an alten Traditionen die eigentliche Ursache war. Drei Jahre harte Arbeit waren nötig, dann hatte ich es geschafft und er wechselte endlich in den Aufsichtsrat, wo er nur noch wenig Schaden anrichten konnte. Und ich war mit dreißig Vorstandsvorsitzender einer Bank mit immerhin fünftausend Mitarbeitern.

Dass die Bank auf dem globalen Markt auf Dauer alleine nicht bestehen konnte, war mir von vornherein vollkommen klar gewesen. Deshalb habe ich in den folgenden vier Jahren die Bank zu einer attraktiven Braut herausgeputzt, die sich auf dem internationalen Investmentmarkt ohne Scheu zur Schau stellen konnte. Und jetzt hat ein Freier angebissen. Wir stehen kurz vor der Hochzeit. Darauf habe ich hingearbeitet. Damit sorge ich nicht nur für den Bestand vieler Arbeitsplätze, sondern habe auch ein persönliches Ziel erreicht. Denn wenn mein Plan aufgeht, bin ich bald in einem global aufgestellten Unternehmen mit knapp hunderttausend Mitarbeitern ganz oben. Und dann wartet dort bereits das nächste Projekt. Es wird eine internationale Aufgabe von erheblicher strategischer Bedeutung sein, die ich im Rahmen einer für mich neu geschaffenen Vorstandsfunktion durchführen werde. Und wenn ich diese Aufgabe erfolgreich erledigt haben werde, dann werde ich zu dem engen Kreis derer gehören, die den bereits betagten Vorstandsvorsitzenden beerben könnten. Dies ist die Herausforderung, auf die ich die ganze Zeit hingearbeitet habe. Bisher lief in meinem Leben alles nach Plan. Und ich werde nicht zulassen, dass irgendeine seltsame Krankheit das ändert.

4

Herr Reig war wieder auf die Minute pünktlich. Professor Freudenberg empfing ihn mit einem freundlichen Lächeln und nahm den Umschlag entgegen, den ihn Herr Reig in die Hand drückte. Er öffnete ihn sogleich, entnahm das Schriftstück und las den Inhalt. Dann schaute er Herrn Reig lange an.

„Vielen Dank für die Mühe, die Sie sich gemacht haben", begann er schließlich. „Wirklich eine beeindruckende Karriere, die Sie bisher gemacht haben. Ich kann gut verstehen, dass Sie jetzt nicht durch irgendetwas ausgebremst werden wollen. Was immer das auch ist."

„Irgendetwas aber rührt mich seltsam an", fuhr er nach einer nachdenklichen Pause fort. „Ja, ich glaube, ich weiß, was es ist: Man erfährt nichts über ihre Freunde. Und Sie erwähnen weder Ihre Frau noch Ihre Kinder mit einem Wort. Irgendwie macht mich das traurig."

„Nun, Sie haben doch beim letzten Mal ziemlich eindeutig geäußert, dass Sie die Ursache meines Problems in einer Arbeitsüberlastung vermuten. Oder etwa nicht?"

„Eine mögliche Ursache von vielen, wenn ich mich recht erinnere."

„Gut, aber mit meiner Familie ist alles in Ordnung."

„Mit der Arbeit nicht?"

„Doch, das haben Sie doch gerade gelesen!" Herr Reig schien ärgerlich zu werden.

„Meine Bitte an Sie war: Beschreiben Sie, wie Sie zu dem Mensch wurden, der Sie heute sind.

Was für ein Mensch sind Sie, Herr Reig?"

„Was wollen Sie jetzt hören? Dass ich ein Workaholic bin, der seine Freunde und seine Familie vernachlässigt und kurz vor dem Burnout steht?"

„Mich interessiert, was für ein Mensch Sie sind. Zum Menschsein gehört ganz zweifellos die berufliche Sphäre. Von der habe ich jetzt eine recht gute Vorstellung. Von dem Ehemann und Familienvater Andreas Reig habe ich noch keine Vorstellung. Und wer Sie jenseits von Familie und Beruf sind, kann ich mir auch noch nicht vorstellen."

„Wozu das alles?", fragte Herr Reig.

„Es interessiert mich wirklich!"

„Gut, das mag ja sein. Ich bin aber hier, um dieses sogenannte Entfremdungssyndrom loszuwerden, richtig? Kommen Sie, Sie sind auf dem Holzweg! Es gibt da nichts zu finden!"

„Erzählen Sie mir von Ihrer Frau und Ihren Kindern!"

„Wenn Sie darauf bestehen", gab Herr Reig sichtlich genervt zurück. „Wir haben uns über die Arbeit kennen gelernt. Sie arbeitete bei einer Kanzlei, die für meine Bank tätig ist. Sie war im Volontariat und begleitete einen Anwalt zu einer Besprechung. Sie sah blendend aus. Außerdem machte sie einen sehr intelligenten und selbstbewussten Eindruck. Ich weiß noch, dass ich mich kaum auf die Besprechung konzentrieren konnte und stattdessen fieberhaft überlegte, wie ich diese Frau näher kennen lernen konnte. Der Zufall wollte es, dass ich sie einige Tage später am Telefon hatte. Und da überlegte ich nicht lange und fragte sie, ob wir uns auch einmal privat treffen könnten. Das war damals ein hohes Risiko für meine Karriere, es hätte auch ziemlich schief gehen können. Aber das war es mir wert und ich habe es nicht bereut. Sie traf sich mit mir und zwei Jahre später heirateten wir."

„Lieben Sie Ihre Frau?"

„Sicher!"

„Und Ihre Kinder? Erzählen Sie mir von ihnen!"

„Florian wurde zwei Jahre nach unserer Heirat geboren, Julia kam dann nach weiteren anderthalb Jahren. Meine Frau wollte gerne Kinder haben, ich war da eher neutral gewesen. Doch jetzt bin ich sehr stolz auf meinen Nachwuchs. Julia ist genauso hübsch wie ihre Mutter. Und Florian ist mit seinen vier Jahren schon recht weit. Er kann schon lesen und spricht passabel Englisch."

„Was ist mit Freunden?"

Herr Reig sah Professor Freudenberg an und antwortete nicht sofort. Dann senkte er den Blick und antwortete in verhaltenem Ton: „Ja, also Freunde ... also so ganz private ... das Thema kommt bei mir zugegebenermaßen etwas kurz. Dafür habe ich einfach keine Zeit. Das sind eher alles nur Geschäftsfreunde. Da vermischt sich das Berufliche eben sehr stark mit dem Privaten. Ohne Netzwerk geht ja heute bekanntlich gar nichts."

„Haben Sie so etwas wie einen besten Freund?"

„Nein."

„Hatten Sie einen?"

„Nicht wirklich."

„Vermissen Sie das?"

„Auch nicht wirklich. Meine Frau ist mein bester Freund!"

„Haben Sie mit Ihrer Frau über Ihr Problem geredet?"

„Nein."

„Was hält Sie davon ab? Ich könnte mir vorstellen, wenn ich an Ihrer Stelle wäre, dass ich das einem besten Freund anvertrauen wollte."

„Ich will sie nicht beunruhigen."

„Und abgesehen davon, hätten Sie das Bedürfnis, mit ihr darüber zu reden?"

„Nein, ich möchte das mit mir alleine ausmachen."

Professor Freudenberg spürte eine gewisse Frustration. So kam er nicht weiter. Er schloss die Augen und konzentrierte sich auf seine eigenen Empfindungen, die durch dieses Gespräch und die ganze Erscheinung seines Patienten ausgelöst wurden. Diese Empfindungen waren sehr ambivalent.

Einerseits reagierte er auf den erfolgreichen, aufstrebenden Manager. Einiges erinnerte ihn dabei an seine eigene Entwicklung. Er überlegte, wo er sich beruflich befand, als er so alt war, wie sein Patient heute. Auch er war ganz erfüllt von seinem Karrierestreben, auch er hatte sich relativ früh bereits eine Oberarztstelle erkämpft. Das klinische Umfeld unterschied sich zwar stark von dem der freien Wirtschaft. Es war wesentlich hierarchiebetonter. Die Rede von den ‚Göttern in Weiß' war schon nicht ganz von der Hand zu weisen. Auch waren die Verdienstmöglichkeiten deutlich schlechter. Aber Geld hatte ihn noch nie sonderlich interessiert. Dafür war das gesellschaftliche Ansehen sehr hoch. Der Beruf des Arztes, zumal wenn er durch eine Professur gekrönt war, hatte in der Bevölkerung immer noch einen sehr hohen Status, wie er neulich in einer Zeitschrift gelesen hatte. Der Beruf des Managers war dagegen wohl in vielen Bevölkerungsschichten eher stark negativ besetzt. Und Professor Freudenberg war sich selbst gegenüber ehrlich genug zuzugeben, dass dies eine wichtige Triebfeder für sein Karrierestreben gewesen war. Heute stand das wohl nicht mehr im Vordergrund, aber genießen konnte er seinen Status immer noch. Hier spürte er einen deutlichen Unterschied zu seinem Patienten. Dieser war in seinen Augen ein typischer Vertreter von Menschen, für die nur noch der materielle Erfolg Bedeutung zu haben schien – wenn er selbst es auch abstritt.

Auf der anderen Seite war da das starke Gefühl einer Verbundenheit, das irgendwie mit dem Problem seines Patienten zusammenhing. Er konnte sich dies aber nicht erklären. Er versuchte, sich auf dieses Gefühl zu konzentrieren. Es erschien ihm so, als würde sein Patient eine dunkle Seite hinter seiner öffentlich präsentierten Fassade verbergen. Diese dunkle Seite war es, die ihn so stark anzog. Aber was für eine Seite war das? Warum konnte sein Patient diese Seite nicht zeigen, wogegen kämpfte er an? Solange er sich weigerte, sich mit dieser Seite zu beschäftigen und mit ihr in Kontakt zu kommen, war es schwer, diese Frage zu beantworten. Das Beunruhigende für Professor Freudenberg war, dass diese Seite nichts mit den üblichen Klischees zu tun zu haben schien. Also etwa eine unterdrückte Gefühlsseite des auf seinen Erfolg fixierten Machtmenschen. Das traf bei seinem Klienten einfach nicht zu, so schien es ihm, und das war ein Teil der Irritation, die dieser Patient von Anfang an in ihm ausgelöst hatte.

Was aber war dann diese dunkle Seite, die sich durch jenen Laut, der dem Patienten während ihres ersten Gesprächs entfahren war, gezeigt hatte? Wieder lief Professor Freudenberg ein Schauer den Rücken hinunter, während er sich diese Szene vergegenwärtigte. Es war so gewesen, als wäre mitten in dem Gespräch ein Vorhang kurz aufgegangen und das wahre Gesicht seines Gegenübers zum Vorschein gekommen. Oder so, als würde man in einem Film eine alltägliche Szene betrachten, und für einen kurzen Moment wäre der Film als Negativ gezeigt worden, wodurch die Alltäglichkeit der Szene einer beängstigenden und fremdartigen Stimmung gewichen wäre.

Professor Freudenberg überlegte, ob es irgendetwas gab, mit dem er diese andere Seite des Patienten, dieses zweite Gesicht, in Verbindung bringen konnte. Plötzlich stieg das Bild eines Menschen in ihm auf, mit dem ihn eine tiefe Freundschaft verband. Es war der Zen-Meister Djüd-shi. Er hatte ihn auf einem Kongress kennen gelernt, bei dem es um Medizin und Spiritualität ging. Sie waren mit einem Thema, das er längst vergessen hatte, ins Gespräch gekommen, aber Professor Freudenberg erinnerte sich noch ganz genau an die klare und präsente Erscheinung des Zen-Meisters, die ihn sehr beeindruckt hatte. Er besuchte seitdem regelmäßig Meditationskurse bei ihm, und über die Jahre hinweg hatte sich eine stille und respektvolle Freundschaft zwischen den beiden Männern entwickelt. Merkwürdig, dass ausgerechnet das Bild dieses Mannes in ihm aufstieg, dachte Professor Freudenberg. Meister Djüd-shi hatte so wenig mit dem Bankmanager gemein, der vor ihm saß.

Herr Reig wurde durch das lange Schweigen seines Arztes unruhig. Offensichtlich war er aber nicht bereit, von sich aus das Gespräch fortzusetzen. Er schaute auf seine elegante Uhr und sah Professor Freudenberg fragend an, als wolle er sagen, dass jede Minute Geld koste und deshalb nicht ungenutzt verstreichen dürfe.

Professor Freudenberg bemerkte die Geste und wurde dadurch aus seinen Überlegungen herausgerissen. Er schaute selbst auf die Uhr, die auf einem Bord hinter dem Patienten stand. Es waren bereits fünfundzwanzig der fünfzig Minuten vergangen, die er sich für diesen Termin eingeplant hatte. Dennoch schaute er nur fragend zurück.

„Wie geht's nun weiter?", rang sich Herr Reig endlich zu fragen durch.

„Ja, wie geht es weiter?", fragte Professor Freudenberg zurück. „Ich weiß es auch nicht. Was wäre Ihr Vorschlag?"

„Na, Sie sind gut! Wer ist denn hier der Arzt?"

„Sie, Herr Reig, sind der Arzt! Sprachen wir nicht in der letzten Sitzung darüber? Nur Sie können sich da wieder herausbringen. Ich bin nur Ihr Assistent." Professor Freudenberg versuchte es mit einer Provokation. Oft konnte dies helfen, innere Widerstände eines Patienten zu überwinden.

Doch Herr Reig reagierte erstaunlicherweise sehr gelassen. „Ja, Sie sprachen davon. Sie meinen diesen existenziellen Ansatz, nicht wahr? Wissen Sie, grundsätzlich stimme ich da mit vielem sogar überein. Soweit ich weiß, geht der Existenzialismus davon aus, dass es in dieser Welt keinen Gott und keinen Sinn gibt und dass man sich deshalb seinen Sinn selbst suchen und sein Leben selbst in die Hand nehmen muss. Ich verstehe nur nicht, was das mit meinem Problem zu tun haben soll. Ich meine, was habe ich bisher denn anderes gemacht, als mir einen Sinn selbst zu setzen und konsequent danach zu leben? Das erklärt doch in keiner Weise dieses Entfremdungssyndrom, oder wie sehen Sie das?"

„Ich möchte auf etwas anderes hinaus, Herr Reig. Ich habe den Eindruck, dass Sie nicht auf das schauen wollen, was sich durch das Syndrom zum Ausdruck bringen will. Ich kann Ihnen diese Arbeit aber leider nicht abnehmen. Ich kann Sie nur dabei unterstützen."

„Was meinen Sie mit ‚auf das schauen, was sich zum Ausdruck bringen will'?"

„Nun, Ihr Syndrom hat sicherlich eine Ursache, meinen Sie nicht auch?"

„Nichts ist ohne Ursache!"

„Gut. Soweit stimmen wir schon einmal überein. Und wie finden wir diese Ursache nun heraus?"

„Deswegen bin ich hier und dafür werden Sie bezahlt!"

„Das sehe ich anders! Die Ursache können nur Sie herausfinden, und ich werde dafür bezahlt, dass ich Ihnen Methoden bereitstelle, diese Ursachenforschung zu betreiben, und dass ich Sie bei der Anwendung der Methoden begleite".

„Was für Methoden denn? Bisher haben Sie mir noch keine einzige Methode vorgestellt. Bitte, nur zu, eine Methode ist gut, das ist ein Ansatz, mit dem ich etwas anfangen kann!"

„Nicht so ungeduldig, Herr Reig, wir sind ja noch ganz am Anfang und lernen uns gerade erst kennen. Methoden in diesem Bereich unterscheiden sich von naturwissenschaftlichen Methoden. Eine wichtige Voraussetzung für das Funktionieren, wobei ich das Wort in Gänsefüßchen setzen möchte, ist das Vertrauen zwischen uns. Wir müssen erst einmal eine tragfähige Beziehung herstellen, denn solche Methoden erfordern, dass Sie sich auf etwas einlassen, was Sie angreifbar und verletzbar macht. Dazu müssen Sie mir vertrauen."

„Also, das hört sich ja nun wieder ganz stark nach Psychotherapie an. Aber gut, was für Methoden schweben Ihnen da denn so vor? Erzählen Sie mir etwas darüber!"

„Nun, eine Möglichkeit wäre zum Beispiel, dass Sie sich einen Stuhl nehmen und diesen hier irgendwo im Raum platzieren. Dieser Stuhl stünde für das Syndrom."

„Eh, wie jetzt?" Herr Reig verzog verächtlich das Gesicht. „Das verstehe ich nicht! Wie soll das denn funktionieren?"

„Es geht einfach darum, in Kontakt zu kommen, in Kontakt mit Ihrem Syndrom. Es handelt sich ja um etwas Inneres. Wir versuchen mit dieser Methode, mögliche Ursachen des Syndroms aus dem Konglomerat Ihres Innenlebens zu isolieren. Wir versuchen das in diesem Fall aber nicht durch eine rationale Analyse zu erreichen, da sich eine solche dazu oft nicht eignet, sondern diese Methode aktiviert eher eine intuitive Ebene."

„Und was soll das bringen?"

„Das werden Sie dann schon sehen. Wenn wir es jetzt zu sehr zerreden, wird sich möglicherweise der Effekt nicht einstellen, den wir durch diese Methode zu erzielen hoffen."

„Na ja, also ich weiß nicht. Es kommt mir wirklich albern vor. Nein, ich glaube, das möchte ich nicht machen."

„Solcher Widerstand ist normal, und je rationaler geprägt die Patienten sind, umso stärker ist er. Dennoch habe ich mit dieser Methode erstaunliche Ergebnisse auch gerade bei Patienten gehabt, die zunächst großen Widerwillen gegen diese Übung zeigten, sich dann aber doch auf sie eingelassen haben."

„Ich denke mal darüber nach! Was haben Sie sonst noch im Angebot? Ich meine, methodisch gesehen?"

„Da gibt es noch eine Menge an Möglichkeiten, aber ich fürchte, sie werden Sie alle nicht sonderlich begeistern. Denn immer geht es letztlich darum, dass Sie sich auf etwas einlassen, was Ihnen Unwohlsein oder gar Angst bereitet. Unser Innenleben ist ein unbekanntes Terrain, in dem viele Abgründe und Gefahren lauern, in dem es aber auch Erstaunliches und Wunderbares zu entdecken gibt. Menschen, die sehr in der Außenwelt leben, in der sogenannten Realität, scheuen oft sehr vor diesem Terrain zurück. Erinnern Sie sich an den Eisberg? Haben Sie mit diesem Bild meditiert? Auch das ist eine Methode."

„Ich habe es versucht. Es haben sich aber keine Bilder eingestellt. Ich konnte mit dieser Übung nichts anfangen."

„Nun, Sie sind ein Mensch, der wenig Erfahrung mit diesem Blick ins Innere hat. Es ist nicht verwunderlich, dass Ihnen so eine Übung zunächst schwer fällt. Machen Sie sich nichts daraus! Aber geben Sie nicht so schnell auf. Sie sind doch kein Mann, der schnell aufgibt! Ich kann Ihnen nur helfen, wenn Sie bereit sind, den Blick nach innen zu richten. Und zunächst ist da nur dieses Syndrom. Es ist das

Phänomen, von dem wir ausgehen müssen.

Um Ihnen als rationalen Menschen den Zugang zu dem phänomenologischen Ansatz zu erleichtern, der hierbei angewendet wird, lassen Sie mich Ihnen kurz den theoretischen Hintergrund erläutern. Der Grundgedanke ist der, dass wir nur über die Phänomene Zugang zur Wirklichkeit haben. Jahrhundertelang bemühte man sich in der Philosophie, hinter die Dinge zu blicken, und fragte sich, was ihr eigentliches Wesen sei. Dieses Wesen wurde für wirklicher erachtet als die bloße Erscheinung der Dinge.

Die Phänomenologie suchte zwar in gewisser Weise immer noch nach dem Wesen der Dinge, wollte diese Suche aber aus dem spekulativen Bereich herausbringen und streng wissenschaftlich fundieren. Deshalb, so war der Kerngedanke Edmund Husserls, dem Vater der Phänomenologie, sollte man sich zunächst nur mit den Phänomenen selbst und dem Bewusstsein beschäftigen, in dem diese Phänomene erscheinen. Denn nur zu diesen Phänomenen haben wir ja durch unser Bewusstsein zunächst einmal den unmittelbaren Zugang. Husserl hoffte, durch die wissenschaftliche Erforschung des Beziehungsgeflechtes zwischen dem Ding als solchem, dessen Erscheinung als Phänomen und unserem Bewusstsein, in dem es erscheint, das Wesen der Welt zu finden.

Nun, der Existenzialismus griff diesen Gedanken auf, aber ging weit über ihn hinaus. Er bestritt, dass es ohne unser Bewusstsein überhaupt so etwas wie ein Wesen gäbe. Nachdem man Jahrhunderte lang stillschweigend oder auch ganz explizit angenommen hatte, dass das Wesen der Dinge

Voraussetzung ihrer Existenz sei, formulierte Jean-Paul Sartre seinen berühmten Satz, der das genau herum drehte: ‚Die Existenz geht der Essenz, also dem Wesen, voraus'."

Professor Freudenberg bemerkte plötzlich, dass er ziemlich abgeschweift war, dass ihm aber sein Gegenüber sehr interessiert zuhörte. Hatte er mit seinem Abstecher in die Philosophie etwa einen Zugang zu seinem Patienten gefunden?

Dieser Gedanke beflügelte ihn, dennoch wollte er sich versichern, dass er die Mimik seines Patienten richtig deutete. „Jetzt bin ich aber ins Philosophieren gekommen! Wissen Sie, die Philosophie fasziniert mich sehr, da merke ich nicht, wenn ich ins Dozieren verfalle. Allerdings habe ich nie Philosophie studiert und bin nichts weiter als ein interessierter Laie."

„Ist schon in Ordnung. Das ist wirklich interessant, ich verstehe nur nicht, wie man von dieser Phänomenologie auf den Existenzialismus kommt?"

„Nun, die Phänomenologie stellte das Wesen der Dinge sozusagen nur aus technischen Gründen in Frage. Ihr ging es nicht um die Abgründigkeit der menschlichen Existenz. Sie wollte vielmehr einfach nur die philosophische Wahrheitssuche unmittelbar an den Bewusstseinsphänomenen anknüpfen, um so den bis dahin jeder Philosophie innewohnenden spekulativen Elementen zu entkommen. Das Ziel war nicht mehr und nicht weniger, als dadurch einen sicheren und wissenschaftlich fundierten Boden zu finden, auf den man die philosophische Suche nach dem Wesen der Welt gründen konnte.

Nun, das Projekt kann als gescheitert gelten. Der Existenzialismus übernahm von der Phänomenologie zwar die Methode; auch er setzte seine philosophischen Betrachtungen unmittelbar an den Bewusstseinsphänomenen an. Er ging aber sozusagen einen Schritt weiter. Er stellte, wie gesagt, die Existenz eines Wesens überhaupt in Frage. Damit aber tat sich ein existenzieller Abgrund auf, in den das menschliche Bewusstsein in dieser Konsequenz und Tiefe so noch nie hineingeblickt hatte. Und wer diesen Blick wirklich wagt, der schaut ins … Nichts! Da ist kein Wesen, das unserer Existenz vorausgeht! Man findet keinen Grund, keinen Gott, keine letzte Wahrheit, einfach nichts! Was bleibt dann noch? Nichts, als die nackte Tatsache der Existenz, oder vielmehr nichts, als das Bewusstsein dieser nackten Tatsache! Wir sind Sein, das sich selbst bewusst wird. Eben Bewusstsein. Martin Heidegger nannte das auch ‚Dasein'. Wir sind das Da des Seins. Wir wissen im Unterschied zu den Dingen und wohl auch den Tieren, dass wir da sind. Und wir wissen, dass wir nur für eine gewisse Zeit da sind!

Und wenn wir erst einmal an diesem Punkt sind, dann haben wir noch genau drei Möglichkeiten: Entweder wir flüchten uns in irgendwelche Scheinwahrheiten – manche nennen es auch Glauben – oder wir ergeben uns dem Nihilismus. Diese beiden Möglichkeiten werden, denke ich, von den meisten Menschen bevorzugt. Die dritte Möglichkeit ist jedoch, dass wir diese abgründige Existenz annehmen, indem wir uns selbst entwerfen, indem wir uns sozusagen selbst als ein Wesen erfinden, ohne uns dabei an irgendetwas Höherem orientieren zu können."

Professor Freudenberg hielt inne und fügte

dann fast trotzig hinzu: „Das ist jedenfalls meine Philosophie!"

Doch dann fragte er sich, warum er das alles seinem Patienten erzählte. Oder erzählte er es sich im Grunde selbst? Versuchte er sich selbst zu überzeugen? Irgendwie erschienen ihm seine eigenen Sätze mit einem Mal hohl und abgedroschen. Er fühlte plötzlich eine tiefe Verzweiflung und Hoffnungslosigkeit, die seine Seele schmerzhaft durchströmte.

Er spürte diesem Schmerz ein paar Momente lang nach, dann nahm er sich zusammen und fuhr in aufgeräumtem Ton fort: „Doch ich möchte nun wieder auf unser ursprüngliches Thema zurückkommen. Das Syndrom, das Sie quält, ist sozusagen ein Phänomen. Momentan haben wir nur das. Was dahinter steckt, wissen wir nicht. Wir können spekulieren, wir können in Ihrer Vergangenheit stöbern und nach Ursachen suchen. Bisher sind wir damit nicht sehr weit gekommen. Der phänomenologische Ansatz setzt beim Phänomen selbst an. Und genau das steckt hinter der Methode des sogenannten Leeren Stuhles. Sie stellt den Versuch dar, unmittelbar und intuitiv mit psychologischen Phänomenen zu arbeiten, ohne diese durch allzu viele analytische Interpretationen zu verzerren."

„Gut, ich denke, ich habe das verstanden", antwortete Herr Reig nachdenklich. „Aber wozu die Abhandlung über den Existenzialismus? Ich sagte es ja bereits: Im Großen und Ganzen bin ich damit einverstanden und verhalte mich doch auch entsprechend. Das kann also doch gar nicht der Grund für mein Problem sein!"

„Vielleicht ja doch! Denn Ihr Problem besteht

doch in einem Unwirklichkeitsgefühl. Ist das nicht der existenzielle Abgrund, der sich vor Ihnen geöffnet hat, und besteht Ihr Problem nicht darin, dass Sie genau das nicht wahrhaben wollen? Haben Sie wirklich jemals den Blick in diesen Abgrund geworfen oder ist Ihr Karrierestreben nicht gerade der Versuch, diesen Blick mit aller Macht zu vermeiden?"

Professor Freudenberg schaute in das ratlos wirkende Antlitz seines Patienten und hielt nachdenklich inne. War es denn wirklich hilfreich, was er ihm sagte? Er kam sich plötzlich alt und verbraucht vor.

„Nun, Herr Reig, es ist nur eine These", fügte er dann in versöhnlichem Ton hinzu. „Ich kann mich auch irren. Ich bin auch nur ein Mensch. Denken Sie einfach einmal darüber nach! Für heute müssen wir leider Schluss machen."

„Ja, gut", murmelte Herr Reig, der nun ebenfalls sehr nachdenklich wirkte.

„Dann nächste Woche Montag wieder, gleiche Zeit?"

„Gut. Einen schönen Tag noch."

Herr Reig verließ das Zimmer diesmal zerstreut und ohne Händedruck.

5

Tilly Tarnow betrat das Café und blickte sich suchend nach ihrer Freundin um. Doch sie konnte sie nicht entdecken. Sie war wohl wie üblich zu spät. Frau Tarnow war von zierlicher Gestalt und trug elegante Kleidung, die perfekt an ihrem Körper saß. Mit sechsundfünfzig war sie immer noch eine attraktive Erscheinung. Mancher Blick folgte ihr, als sie sich zu einem freien Tisch direkt vor dem großen Fenster begab, welches die Sicht auf einen belebten Platz freigab. Sie ließ sich nach einem anstrengenden Arbeitstag mit einem Gefühl der Erleichterung nieder. Sie konnte sehr schnell von Arbeit auf Feierabend umschalten und ihre Freizeit genießen. Sie liebte es, sich abends mit einer ihrer Freundinnen zu treffen und zu tratschen, wie sie es selbst nannte.

Kurze Zeit später traf auch Lotte Drexler ein. Sie hatte ihre Freundin bereits von draußen durch das Fenster entdeckt und steuerte nun zielstrebig auf sie zu. Die beiden Frauen umarmten sich zur Begrüßung herzlich und zogen dabei die Blicke der anderen Gäste auf sich. Denn Frau Drexler war von buntem, schrillem Äußeren und kontrastierte stark zu der eleganten, aber konservativen Erscheinung Frau Tarnows. Trotz ihrer großen Verschiedenheit, oder gerade deswegen, verband die beiden Frauen seit ihrer Schulzeit eine herzliche Freundschaft, die sie regelmäßig pflegten.

Frau Drexler ließ mit ihrer lauten und durchdringenden Stimme das ganze Café an der Begrüßung teilhaben. „Hi Tilly, meine Süße! Lass dich küssen. Oh ja, ja, ich weiß, ich bin zu spät." Sie lachte laut auf. „Du kennst mich, Schätzchen. Aber mein Friseur war schuld, ich schwör's dir!"

„Na, dafür hat er sich aber wieder mal ganz besonders ins Zeug gelegt. Deine Frisur ist ja echt ziemlich gewagt!"

„Gefällt's dir?", fragte Frau Drexler kokett, doch sie schien an der Antwort nicht weiter interessiert zu sein, denn sie sprach sofort in einem Zug weiter. Ohne die kleinste Pause konnte sie von sich und ihrem interessanten Leben als Schauspielerin erzählen. Frau Tarnow war das gewöhnt und es machte ihr nichts aus. Gebannt hörte sie ihrer Freundin zu, bis diese sich auf einmal auf ihr Gegenüber zu besinnen schien. „Ach, ich quatsche und quatsche, sag', wie geht es denn dir, mein Schätzchen?"

„Ja, danke, mir geht es soweit ganz gut. Ich mache mir gerade mehr Sorgen um meinen Chef als um mich."

„Ach, dein Chef! Immer noch verliebt?" Frau Drexler grinste süffisant.

„Verliebt! So ein Quatsch! Der ist zwanzig Jahre jünger als ich, das weißt du doch!"

„Na und! Wo ist das Problem?"

„Jedenfalls besteht das Problem nicht darin, dass ich in ihn verliebt bin. Klar, er ist ein attraktiver Kerl und ich habe vielleicht mal für ihn geschwärmt, als er vor fünf Jahren mein Vorgesetzter wurde. Im Übrigen ist er verheiratet, hat Kinder und überhaupt: Er ist mein Chef und damit so oder so tabu. Basta.

Aber was rede ich, als ob dich das interessieren würde!" Sie machte eine ganz offensichtlich gespielte Geste der Frustration.

„Doch, meine Süße, doch, doch, erzähl! Was ist

mit deinem Sunnyboy?"

„Keine Ahnung." Sie zögerte. „Du musst mir versprechen: Nur unter dem Siegel der aller strengsten Verschwiegenheit. Ok?"

„Na klar doch, hab's schon so gut wie vergessen, bevor du's überhaupt erzählt hast." Sie lachte laut und schrill auf.

„Ich glaube dir kein Wort!"

„Also gut, ist ja gut, mein Schätzchen. Ich schwöre feierlich: kein Wort zu irgendjemanden."

„So ist es schon besser."

Frau Tarnow überlegte eine Weile und schließlich begann sie zu erzählen. „Also letzte Woche kommt er ins Büro und ich merke sofort, dass irgendetwas nicht stimmt. Weißt du, er ist so ein ..." Sie zögerte, dann fuhr sie in entschiedenem Ton fort: „...jedenfalls kein Sunnyboy, dafür ist er viel zu seriös! Weißt du, er strahlt immer so eine große Energie und Zielstrebigkeit aus, dabei wirkt er aber nie verkrampft oder verbissen. Er spricht einen immer persönlich an. ‚Guten Morgen Frau Tarnow. Sie sehen heute ja wieder blendend aus!' oder so. Er fordert zwar viel, aber er gibt einem dabei das Gefühl, dass er genau weiß, wie viel er verlangen kann, ohne einen zu überfordern. Und dabei reißt er einen mit seiner positiven Lebenseinstellung einfach jedes Mal mit. Er ist wirklich ein faszinierender Typ. Aber seit letztem Wochenende ist er irgendwie anders. Er wirkt wie die Schwarzweiß-Kopie seiner selbst. Oder so, als ob da ein zweitklassiger Schauspieler meinen Chef spielen würde."

„Na, vielleicht hat ihn seine Frau nicht rangelassen und dein erfolgsverwöhnter Chef ist noch damit beschäftigt, diese schmähliche Kränkung zu verdauen." Wieder lachte Frau Drexler laut und schrill auf.

„Ach, du ordinäres Ding! Nein, nein, es muss etwas Schlimmeres sein. Denn Dienstagvormittag kam er plötzlich in mein Büro, schloss die Tür hinter sich und wirkte sehr ernst. So ernst habe ich ihn noch nie erlebt. Und jetzt kommt's. Aber das behältst du wirklich für dich, versprochen?" Frau Tarnow verfiel in einen geheimnisvollen Flüsterton.

Nun war auch ihre Freundin wirklich neugierig geworden. Sie hob ihre Hand feierlich zum Schwur.

„Er beauftragte mich, nach einem Arzt zu suchen, der sich auf das Thema Wahnvorstellungen spezialisiert habe. Er habe in der Nacht eine seltsame Erscheinung gehabt, die ihn noch immer dermaßen in seiner Konzentration störe, dass er nicht wirklich arbeiten könne.

Weißt du, wir führen da gerade sehr wichtige Verhandlungen, bei denen es um richtig viel geht. Dort oben geht es ja wie in einem Haifischbecken zu. Das kannst du dir nicht vorstellen! Ein kleiner Fehler und du wirst gefressen."

„Ach Schätzchen, glaub' bloß nicht, dass das nur in deiner Businesswelt so ist. Meinst du, der Filmbetrieb ist da besser?" Sie lachte sarkastisch auf. „Vergiss es, meine Liebe!"

„Na, jedenfalls", fuhr Frau Tarnow fort, „versuchte ich herauszubekommen, was genau passiert war, aber das wollte er mir nicht sagen. Wir haben in diesen fünf Jahren wirklich ein sehr vertrauensvolles Verhältnis entwickelt. Als gute Chefsekretärin bist du ja immer auch irgendwo die Seelentante für deinen Chef. Obwohl er eigentlich immer eher distanziert war und kaum aus dem Nähkästchen geplaudert hat. Wenn ich da an meinen alten Chef denke, der mir von jeder Streitigkeit mit seiner Frau berichtet hat..."

„Na, der geile Sack war ja auch immer scharf auf dich!", warf Frau Drexler lachend ein. „Und, was weiter?", fragte sie, als sie den tadelnden Blick ihrer Freundin bemerkte.

„Nun, ich fand tatsächlich jemanden, der eine Kapazität auf diesem Gebiet zu sein scheint. Ein Professor an der Uniklinik. Der hat jedenfalls mehrere wissenschaftliche Arbeiten über das Thema geschrieben. Ich rief ihn an, und du kennst ja meine Hartnäckigkeit: Mein Chef hatte noch am gleichen Tag einen Termin."

„Tja, Geld macht's eben möglich. Bald erkennen wir die Armen wieder an ihren Zähnen!"

„Ach, du notorische Revoluzzerin! Jedenfalls hatte er heute schon wieder einen Termin - und dann noch einen am nächsten Montag! Aber trotz der Termine wirkt er weiterhin irgendwie anders. Man kann es kaum beschreiben, weil sich rein äußerlich nicht wirklich etwas verändert hat. Er arbeitet auch ganz normal weiter, zumindest scheint es so. Ich glaube, sonst hat das noch niemand bemerkt. Aber ich bin eben sehr feinfühlig. Und außerdem weiß ich ja von den Arztbesuchen."

„Also, wenn du mich fragst: Der dreht halt eben jetzt ab, weil ihm sein Erfolg zu Kopf steigt. Hat ja ziemlich schnell Karriere gemacht, oder? Ist doch kein Wunder! Oder diese ganze beschissene Finanzkrise belastet ihn doch viel mehr, als er zugeben will. Muss doch ein Scheißgefühl sein, für das ganze Chaos, das seitdem auf der Welt herrscht, verantwortlich zu sein!"

„Ach, ich weiß nicht. Er war immer so überzeugt von allem, und was er zum Thema Finanzkrise zu sagen hatte, war wirklich interessant und nicht von der Hand zu weisen. Die meisten haben eben einfach keine Ahnung davon und suchen nur irgendeinen Schuldigen, auf den sie einprügeln können.

Nein, der ist überhaupt nicht der Typ für Selbstzweifel, Depressionen, Burnout oder irgendeine dieser Modekrankheiten. Irgendwie ist das alles sehr merkwürdig.

Und weißt du, es macht mir auch ein bisschen Angst. Dass wir wohl bald von einer anderen Bank übernommen werden, erscheint mir sehr sicher zu sein. Und wenn mein Chef jetzt abdreht, was soll dann aus mir werden? Ich bin ja auch nicht mehr die Jüngste!"

„Mensch, Tilly, was redest du da? Du bist eine waschechte Chefsekretärin! Du findest jederzeit wieder was, auch mit sechsundfünfzig. Außerdem siehst du aus wie neununddreißig. Komm, hör auf, Trübsal zu blasen!"

Frau Tarnow freute sich sichtlich über das Kompliment und lächelte ihre Freundin dankbar an. Diese ergriff die Gelegenheit und setzte die Erzählungen aus ihrem Künstlerleben fort, das sie selbst offensichtlich äußerst spannend fand und in dem sie ganz eindeutig immer die Hauptrolle spielte.

6

Herr Reig war diesmal unpünktlich. Dies beunruhigte Professor Freudenberg sehr. Hatte sein Patient sich etwa entschlossen, die Behandlung abzubrechen? Hatte er sich gar suizidiert? Diejenigen, die das wirklich taten, kündigten es ja meist vorher nicht an! Starke Entfremdungsgefühle konnten Menschen in große Verzweiflung und Not treiben. Hatte er die Gefahr unterschätzt?

Das Läuten des Telefons unterbrach seine Gedanken, und erleichtert hörte er, dass Herr Reig von der Sprechstundenhilfe angekündigt wurde. Kurz darauf betrat er den Raum mit finsterem Blick. Er wirkte gehetzt und das Perfekte seiner Erscheinung war wieder irgendwie gestört, ohne dass Professor Freudenberg genau sagen konnte, was diesen Eindruck hervorrief.

Herr Reig nahm Platz und fing sofort zu reden an: „Gestern Nacht war es wieder da! Ich erwachte plötzlich und war wie gelähmt. Ich konnte nicht einmal die Augen öffnen. Ich hatte panische Angst, dass ich dann erkennen müsste, mich im leeren Raum zu befinden. Es fühlte sich an, als würde ich fallen. Einfach nur fallen. Oder auch schweben. Es war schrecklich!" Den letzten Satz rief Herr Reig laut aus und schaute dabei Professor Freudenberg flehentlich an.

„Ich kann mir gut vorstellen", antwortete Professor Freudenberg sanft, „wie Sie sich letzte Nacht gefühlt haben müssen."

„Was ist mit mir nur los?", fragte Herr Reig verzweifelt. „Ich verstehe das einfach nicht!"

„Ich glaube, dass Sie sich in einer existenziellen

Krise befinden, die Sie bald überwinden werden", versuchte Professor Freudenberg zu beruhigen. „Möglicherweise setzt Ihnen die bevorstehende berufliche Veränderung mehr zu, als Sie es sich eingestehen wollen. Die alte Firma löst sich auf, wird aufgefressen von einer anderen Firma, und Sie wissen noch nicht sicher, ob Sie wirklich dort den Platz finden werden, den Sie sich erhoffen. Das ist neu in Ihrer bisherigen Karriere. Es wäre nicht verwunderlich, wenn Ihnen das den Boden unter den Füßen wegziehen würde. Da Sie es gewohnt sind, auf festen Boden zu stehen und immer alles unter Kontrolle zu haben, ist dieses Gefühl sehr beängstigend für Sie. Ich kann das gut verstehen und ich glaube, dass das wieder vorübergehen wird."

Herr Reig wirkte nun wie abwesend. Schließlich nickte er langsam und nachdenklich mit dem Kopf. „Ja, das hört sich vernünftig an", sagte er schließlich. „Ich muss zugeben, dass ich die Sache vielleicht doch nicht so leicht wegstecke, wie ich dachte. Es steht viel auf dem Spiel, und es gibt auch mächtige Widerstände gegen mich in der anderen Bank."

Er machte eine Pause und rief dann plötzlich aus: „Aber ich lasse das nicht zu!"

„Was lassen Sie nicht zu?", fragte Professor Freudenberg.

„Ich lasse mich nicht abservieren. Ich werfe denen doch nicht meine Bank zum Fraß vor und gehe selbst leer aus!", rief er erregt aus. Dann schwieg er und schien angestrengt nachzudenken.

„Ich glaube, Herr Reig", unterbrach Professor Freudenberg das Schweigen, „dass Sie jetzt vor allem Erdung benötigen."

Herr Reig hob langsam den Blick und schaute Professor Freudenberg fragend an. „Erdung? Was meinen Sie damit?"

„Boden unter den Füssen. Kontakt zur Erde. Zentrierung", gab Professor Freudenberg zurück. „Denn das unangenehme Gefühl, das Sie beschreiben, ist es nicht genau das Gegenteil davon? Sie sagten, Sie fallen im leeren Raum. Sie vermissen den Kontakt zur Wirklichkeit. Also ist es wichtig, wieder Boden unter die Füße zu bekommen, wieder den Kontakt zur Welt herzustellen."

„Und was empfehlen Sie mir?"

Professor Freudenberg ließ sich durch den sarkastischen Ton der Frage nicht provozieren. Er war nach der letzten Sitzung mit Herrn Reig sehr unzufrieden mit sich selbst gewesen und hatte lange nachgedacht. Dabei war ihm wieder das Bild seines alten Freundes Meister Djüd-shi vor Augen gekommen. Wie gerne hätte er sich da mit ihm beraten. In seiner Vorstellung sah er sich mit ihm Tee trinkend auf einer Tatamimatte sitzen und den Fall erörtern. So war ihm plötzlich eine Idee gekommen, die er nun seinem Patienten nahezubringen versuchte.

„Ich muss gestehen, dass ich nach unserer letzten Sitzung selbst etwas ratlos war. Und plötzlich kam mir ein alter Freund in den Sinn, von dem ich Ihnen jetzt gerne erzählen möchte. Es ist ein ..." Er zögerte kurz, doch dann führte er den Satz zu Ende: „... ein Zen-Meister."

Er legte eine bedeutungsvolle Pause ein. Dann sprach er sehr bestimmt weiter: „Wenn einer geerdet und zentriert ist, dann ist es er. Was ich Ihnen empfehle, ist Zen zu üben!"

„Zen?", fragte Herr Reig entgeistert. „Sie meinen diese japanische Kunstform? Zeremonielles Teetrinken, Bogenschießen und dieses ganze Zeug?"

„Stimmt schon, es kommt aus Japan, ein Ritual des Teetrinkens gibt es auch im Zen, und die Kunst des Bogenschießens, ja, das habe ich auch schon gehört. Aber das ist nicht das Wesentliche. Das Wesentliche ist die Sitzmeditation. Zazen. Einfach nur sitzen, nichts denken und das Ein- und Ausströmen des Atems beobachten. Das ist schon fast alles. Alles andere ist Beiwerk."

Herr Reig sah Professor Freudenberg fassungslos an. „Was, bitte schön, soll das bringen?" fragte er sichtlich aufgebracht.

„Es bringt Ihnen Erdung und Zentrierung. Genau das, was Sie im Begriff sind zu verlieren. Oder sollte ich besser sagen: bereits verloren haben?"

„Sie meinen also, ich soll mich auf so einen esoterischen Hokuspokus einlassen und herumsitzen und Tee trinken? Ist es das, was Sie mir empfehlen?"

„Den esoterischen Hokuspokus würde ich nicht unterschreiben, falls Sie damit die weichgespülte Pseudo-Spiritualität meinen, die sich heutzutage in allerlei seltsamen Formen ausbreitet. Zen hat damit nichts zu tun. Es ist eine jahrtausendalte Tradition. Zen-Meister sind in der Regel klare und pragmatische Menschen. Sie leben kompromisslos im Hier und Jetzt, grübeln nicht über die Vergangenheit nach und belasten sich nicht mit Zukunftsspekulationen. Einer der Lieblingssätze meines Freundes lautet: ‚Wenn du hungrig bist: esse! Wenn du müde bist: schlafe!' Das ist das ganze Geheimnis des Zen."

„„Essen, schlafen? Ich verstehe nicht, was Sie mir damit sagen wollen?"

„Zen kann man nicht erklären, man kann es nur praktizieren. Man kann es nicht erlernen wie ein Handwerk, sondern nur in der Hingebung erfahren.

Es gibt da eine schöne Geschichte von einem japanischen Bauern, der höhere Ambitionen hatte, als Jahr ein, Jahr aus seine Felder zu bestellen. Er wollte Erleuchtung erlangen. Deshalb wendete er sich an einen Zen-Meister, trat in dessen Kloster ein und ließ sich in der Praxis des Zazens unterweisen. Er war ein fleißiger und strebsamer Schüler und machte auch einige Fortschritte. Doch die Erleuchtung wollte sich nicht einstellen. Verzweifelt dachte er immer wieder darüber nach, was er wohl falsch machte. Nach einiger Zeit wandte er sich daher an den Meister und fragte, wie er denn nun endlich Erleuchtung erlangen könnte. ‚Nicht denken!', antwortete der Meister lapidar. Der Bauer gab sich alle Mühe, nicht mehr zu denken, doch es gelang ihm nur schlecht. Wieder wandte er sich einige Zeit später an den Meister und fragte ungeduldig nach seiner Erleuchtung. ‚Nicht denken!', antwortete der Meister auch diesmal wieder. So ging das einige Male. Als der Bauer jedoch zum fünften oder sechsten Mal zum Meister kam, um nach seiner Erleuchtung zu fragen, schrie ihn dieser grob an: ‚‚Hau endlich ab!' – und warf ihn aus dem Kloster hinaus. Der Mann lief trübsinnig zu seinem Dorf zurück. Als er auf seinem Hof eintraf und von Frau und Kindern freudig begrüßt wurde, die er dort zurückgelassen hatte, kam plötzlich die Erleuchtung über ihn. Fortan lebte er heiter und gelassen wieder als einfacher Bauer bis zu seinem Tod."

Nachdem Professor Freudenberg seine Geschichte beendet hatte, blickte er Herrn Reig erwartungsvoll an.

Doch Herr Reig war sichtlich genervt. „Herr Professor, was wollen Sie mir damit sagen? Dass das einfache Leben das wahre Glück ist? Meinen Sie das? Ich meine, das ist eine Empfehlung, die mir auch meine Großmutter geben könnte. Ich muss schon sagen, da hätte ich mir mehr von Ihnen erwartet!"

„Gut, dann lassen Sie mich etwas tiefer in das Thema einsteigen. Wissen Sie, ich denke, wir Menschen leiden alle mehr oder weniger an der Flüchtigkeit unseres Bewusstseins. Wir alle haben einen Körper. Doch bestehen wir nur aus unserem Körper? Nein, ganz offensichtlich nicht! Das ist nicht alles! Selbst wenn wir glauben, dass unser Bewusstsein nur ein Phänomen der elektrochemischen Prozesse unseres Nervensystems darstellt, wie es die moderne Neuropsychologie lehrt, so ist es dennoch ganz zweifellos vorhanden, so substanzlos und flüchtig es auch sein mag! Denn wo sonst als in genau diesem Bewusstsein spekulieren wir darüber, dass wir nichts weiter als elektrochemisch organisierte Materie sind? Und wo sonst wird uns bewusst, dass wir relative Wesen sind, mit einem vergänglichen Körper, der irgendwann einmal wieder in seine materiellen Bestandteile zerfällt?

Doch wenn wir dieses Bewusstsein näher zu ergründen suchen, was ganz unvermeidlich ist, wenn uns die Tragweite dieses kleinen Wörtchens ‚Ich' aufgeht, so können wir kaum mehr feststellen, als dass es da ist, das Bewusstsein. Es existiert ja ganz offensichtlich zumindest in diesem Moment, in dem es sich gerade selbst befragt! Aber wir wissen weder, was es genau ist, noch können wir etwas über seine Herkunft und sein Schicksal sagen.

Und doch erscheint die Welt, ja erscheinen wir uns selbst ausschließlich und einzig und alleine nur in diesem Bewusstsein! Ist das nicht verrückt? Es lässt sich nicht greifen, es entzieht sich auch dem hartnäckigsten Versuch, es irgendwie dingfest zu machen. Es hat keine Substanz, so wie ein Stein Substanz hat. Und doch ist das Bewusstsein unser einziger Zugang zur Welt - und zu uns selbst. Nur in ihm spiegelt sich alles, was ist, wider. Was die Welt wirklich ist, wer wir wirklich sind, das wissen wir nicht. Wir kennen nur die Wahrnehmungen und Vorstellungen, die unsere Sinne und unser Verstand in unser Bewusstsein projizieren.

Diese Einsicht eröffnet den existenziellen Abgrund, an dem wir modernen Mensch ständig herumwandeln. Wir sprachen letztes Mal bereits davon. Und das ist ein Problem. Jeder muss mit diesem Problem fertig werden, und jeder tut es auf seine Weise. Ob durch Freunde, Liebe, Gott, ob durch Macht oder Geld, ob durch Mathematik, Philosophie oder Neuropsychologie: Irgendwie sucht sich doch jeder etwas, woran er sich klammern kann, um die Unerträglichkeit der eigenen Nichtigkeit nicht spüren zu müssen. Denn es ist unerträglich für uns bewusste Wesen, ständig auf Schritt und Tritt mit der eigenen Relativität, mit der eigenen Substanzlosigkeit konfrontiert zu werden. Deshalb sucht jeder auf seine Weise das Beständige, das Unvergängliche, das Absolute. Oder man sucht die fortwährende Zerstreuung, Ablenkung oder Lust! Und manch einer möchte dabei gleich die ganze Menschheit mitreisen, so unerträglich ist für ihn die Abgründigkeit der eigenen Existenz."

„Herr Professor Freudenberg, ich bin wirklich beeindruckt von Ihren philosophischen Darlegungen", warf Herr Reig jetzt ärgerlich ein. „Aber kommen Sie zur Sache! Was hat das alles mit meinem Problem zu tun! Bewusstsein, Nichtigkeit, existenzieller Abgrund, Zen und all das!" Er schaute Professor Freudenberg finster an.

„Nun", antwortete Professor Freudenberg, der nun auch eine deutliche Erregung spürte, so ruhig, wie es ihm möglich war, „ich sagte es bereits, ich habe den Eindruck, dass Sie unversehens an diesen Abgrund Ihrer Existenz gelangt sind."

Herr Reig schüttelte heftig mit dem Kopf und fuchtelte mit den Händen herum. Es schien, als suche er nach Worten, um die Worte Professor Freudenbergs zu entkräften. Doch dann sank er in sich zusammen und schwieg. Auch Professor Freudenberg sagte nichts mehr. Einige Minuten saßen beide Männer einfach nur wie gelähmt da.

Schließlich sagte Herr Reig mit tonloser Stimme: „Kann schon sein, das alles! Doch das Nachgrübeln über die Welt hat mich noch nie interessiert. Mir hat es genügt, auf Ziele hinzuarbeiten und das Erreichte zu genießen. Bisher jedenfalls.

Sehen Sie diese Uhr hier an meinem Handgelenk? Die habe ich mir gekauft, als ich Vorstandsvorsitzender wurde. Sie war ein konkreter Beweis meines Erfolgs und so etwas gab mir das Gefühl, wirklich zu sein, wirklich auf dieser Welt zu sein und das Leben voll auszukosten. Das Gefühl, das ich beim Kauf dieser Uhr hatte, vielleicht ist es das, was Zen-Leute bei einer Erleuchtung empfinden."

Er zögerte und fuhr dann langsam fort: „Doch irgendwie löst sich das jetzt alles auf. Die Dinge scheinen nicht mehr real zu sein. Diese Uhr bedeutet mir nichts mehr! Da ist nur noch dieses unwirkliche Gefühl, das ich nicht mehr loswerde. Nichts scheint mehr von Bedeutung zu sein!"

„Für Sie", antwortete Professor Freudenberg, „stellt sich das alles wie ein Wahn dar. Und Sie sind verständlicherweise äußerst beunruhigt und wollen so schnell wie möglich zu Ihrem gewohnten Lebensgefühl zurückkehren.

Ich weiß nicht, warum ich Ihnen diese Zen-Geschichte erzählt habe. Vielleicht, weil mich Ihre Ungeduld an die Ungeduld des Bauern erinnert hat. Vielleicht auch, um Ihnen mit der unverhofften Erleuchtung des Bauern Hoffnung zu machen. Und vielleicht, um Ihnen etwas von dem Zen-Geist zu vermitteln, der mir immer hilft, wenn ich mich selbst einmal wieder am Rande meines eigenen existenziellen Abgrundes befinde. In jedem Fall glaube ich, dass Sie Beruhigung benötigen, und ich meine damit nicht eine medikamentös herbeigeführte, sondern eine tiefgehende und nachhaltige Ruhe, wie man sie eben in der Zen-Meditation finden kann."

Herr Reig sah Professor Freudenberg mit durchdringendem Blick an. Als ob er den soeben erteilten Rat nicht gehört hätte, fragte er verzweifelt: „Was soll ich nur tun?"

„Ich fürchte, mehr kann ich Ihnen nicht sagen!", antwortete Professor Freudenberg etwas zu schnell und begriff im selben Augenblick, dass er damit etwas eingeleitet hatte, was er vielleicht nicht hätte tun sollen, nun aber nicht mehr aufhalten konnte. „Ich kann Ihnen wirklich nicht mehr sagen", bekräftigte er deshalb noch einmal. „Wie soll ich Ihnen bei einem Problem helfen, dass ich selbst nicht lösen kann? Der Unterschied zwischen Ihnen und mir ist vielleicht nur der, dass es Sie unvermittelt und mit aller Wucht getroffen hat, während es bei mir langsam und schleichend kam, so dass ich genug Zeit hatte, mich daran zu gewöhnen. Deshalb hat mich die Schilderung Ihres nächtlichen Erlebnisses auch persönlich so stark berührt. Denn ich habe sofort gespürt, dass es um das gleiche Thema geht. Nur begriffen habe ich es erst jetzt.

Mit allerlei intellektuellen Bandagen habe ich mich mein ganzes Leben lang dagegen zu schützen versucht. Philosophische Pflästerchen habe ich aufgeklebt, und die haben auch immer ganz gut gehalten. Wenn sie sich gelöst haben, dann wurde eben ein neues aufgebracht. Doch als Sie vor mir standen und dieser entsetzliche Laut aus Ihrem Leib hervorquoll, der mir das ganze Leid dieser absurden Existenz zu enthalten schien, da wurden diese Bandagen und Pflästerchen wieder einmal abgesprengt. Sie ahnen gar nicht, wie gut ich Sie verstehe!"

Professor Freudenberg sackte nun ebenfalls in sich zusammen und bot einen verzweifelten und düsteren Anblick. Doch schließlich gab er sich einen Ruck und schaute Herrn Reig mit einem offenherzigen Ausdruck an.

„Ich hätte Sie niemals als Patient annehmen dürfen. Es war ein Fehler. Es tut mir leid!"

Herr Reig war mit dem Geständnis des Professors sichtlich überfordert. „Wie bitte, ich verstehe jetzt nicht ..., also das hätten Sie sich doch vorher ..." Er schüttelte mit dem Kopf und erwartete, so etwas wie Wut zu verspüren, doch er fühlte nur Leere und Hoffnungslosigkeit.

„Und was jetzt?", fragte er schließlich leise.

„Ja, was jetzt?", fragte Professor Freudenberg zurück. Eine lastende Stille breitete sich im Raum aus.

„Ich kann Sie natürlich an einen Kollegen verweisen, aber ...", begann Professor Freudenberg nach einer Weile zögernd und fuhr dann entschlossen fort: „... aber ich glaube nicht, dass Ihnen damit wirklich geholfen ist. Ich bin wirklich ein alter Hase, was psychiatrische Befunde angeht, und glauben Sie mir, Sie sind nicht wahnsinnig!"

Er dachte nach und jetzt erinnerte er sich wieder an die Idee, die ihn dazu verleitet hatte, von Meister Djüd-shi zu erzählen. „Ich kann Ihnen anbieten, sozusagen zur Wiedergutmachung, meinen Zen-Meister um einen Termin für Sie zu bitten. Mir scheint das die einzig sinnvolle Möglichkeit zu sein. Fragen Sie mich nicht, warum! Ich kann es nicht rational begründen. Es ist eine Intuition. Irgendwie habe ich das eindringliche Gefühl, dass Ihnen nur er oder gar keiner helfen kann! Natürlich vermittele ich Sie auch gerne an einen anderen Arzt. Aber ich fürchte, dass Sie damit nur Ihre Zeit verschwenden würden. Meister Djüd-shi – so heißt mein Freund – wird Ihnen zur Ruhe und Erdung verhelfen. Mir hat er das auch!"

„Warum stehen Sie dann selbst doch immer wieder vor diesem existenziellen Abgrund, wie Sie sagen? Ihr Meister hilft ja nicht einmal Ihnen", bemerkte Herr Reig zynisch. Doch dann schien er nachzudenken.

Nach einer Zeit, die Professor Freudenberg wie eine Ewigkeit vorkam, begann er zögernd weiter zu sprechen: „Auf der anderen Seite ... warum eigentlich nicht! Einen Versuch wäre es wert. Vielleicht ... vielleicht sollte ich es wirklich einmal mit Ihrem Meister versuchen. Alles, was mich wieder herzustellen verspricht, soll mir recht sein!" Diese Aussicht schien ihn einigermaßen zu beruhigen. Es huschte sogar ein leichtes Lächeln über sein Gesicht.

„Fein! Ich werde versuchen, Ihnen einen Termin zu verschaffen", antwortete Professor Freudenberg erleichtert. „Versprechen kann ich es nicht, aber ich bin sehr zuversichtlich, dass ich meinen Freund überzeugen kann. Ich rufe Sie an, sobald ich Bescheid weiß."

Die beiden Männer erhoben sich, und es wirkte fast feierlich, als sie sich zum Abschied die Hände reichten.

Professor Freudenberg fühlte sich nicht gerade sehr wohl in seiner Haut, als sich die Tür hinter Herrn Reig geschlossen hatte. Hätte er diesen Patienten doch bloß nicht angenommen und gleich an einen anderen Kollegen verwiesen. Nun, es ließ sich nicht mehr ändern, und immerhin war er froh, dass es vorbei war.

7

Herr Reig betrat das Zen-Kloster mit gemischten Gefühlen. Worauf ließ er sich nur ein? Warum war er überhaupt diesem verrückten Vorschlag des Professors gefolgt?

Er wurde aus seinen Gedanken gerissen, denn ein mit einem schlichten Anzug aus schwarzem Leinen bekleideter Mönch tauchte aus dem Nichts auf. Er begrüßte Herrn Reig mit einer Verbeugung, wobei er die Hände sorgsam vor seinem Gesicht zusammenlegte. Der Mönch schien Bescheid zu wissen, wer der Besucher war, denn er wartete keine Erklärung ab, sondern forderte Herrn Reig ohne Umschweife auf, ihm zu folgen. Er führte ihn durch die Eingangshalle des Klosters, das einen hellen und klaren Eindruck vermittelte. Sie gelangten zu einem kleinen Raum, in dem ein anderer Mönch Herrn Reig mit einer ebensolchen Geste begrüßte und danach sofort mit einer Einweisung begann.

„Meister Djüd-shi wird Sie gleich im Dokusan-Raum empfangen. So nennen wir den Ort für vertrauliche Gespräche zwischen Meister und Schüler. Sie warten in dem Vorraum, in den Sie gleich geführt werden, bis Sie eine Glocke hören. Erklingt sie, dürfen Sie den Dokusan-Raum betreten. Sie gehen geradeaus auf den Meister zu bis zu der Tatamimatte, die vor ihm auf dem Boden liegt. Dann verbeugen Sie sich und setzen sich auf die Matte vor den Meister. Sie werden sicher keinen Lotussitz einnehmen können, deshalb setzen Sie sich am Besten in den Schneidersitz oder kniend auf das Kissen, das sich auf der Matte befinden wird."

Der Mönch führte die Verbeugung vor, während

er sprach, und nahm dann auf einem bereitliegenden Kissen einen perfekten Lotussitz ein, in dem er jeweils einen Fußrücken auf dem Oberschenkel des gegenüber liegenden Beines ablegte, so dass beide Fußsohlen nach oben zeigten. Er schob ein weiteres Kissen vor Herrn Reig und forderte ihn auf, sich ebenfalls zu setzen.

Herrn Reig kam das alles reichlich albern vor, aber er folgte der Aufforderung, wobei er statt des Lotussitzes, der ihm trotz seiner sportlichen Konstitution nicht möglich war, eine Art Schneidersitz einnahm. Der Mönch schien zufrieden zu sein. Beide Männer saßen nun auf Tatamimatten voreinander und der Mönch fuhr mit seiner Einweisung fort.

„Während des ganzen Ablaufes richten Sie den Blick im 45-Grad-Winkel nach unten und schauen den Meister nicht an. Erst wenn er Sie anspricht, dürfen Sie ihn anschauen, wenn Sie wollen. Doch es ist unwichtig, welche Person da vor Ihnen sitzt. Hören Sie nur auf das, was Ihnen gesagt wird.

Ertönt die Glocke ein zweites Mal, ist die Audienz beendet. Sie dürfen danach nicht mehr mit dem Meister sprechen. Sie stehen dann sofort auf, verbeugen sich wieder und gehen rückwärts bis zur Tür. Dort verbeugen Sie sich noch einmal und verlassen dann den Raum. Ein Mönch wird auf Sie warten und wieder hinaus begleiten."

Der Mönch führte zur Demonstration die Handlungen aus, die er beschrieben hatte, und hieß Herrn Reig durch ein Nicken, es ihm gleich zu tun. Herr Reig spürte einen starken Widerwillen in sich aufsteigen. Warum ließ er sich von diesem Mönch zu diesen lächerlichen Riten herumkommandieren? Sollte er nicht lieber dieses ganze Unternehmen abbrechen und einfach wieder gehen? Dennoch brachte er die Übung zu Ende.

Danach erschien der erste Mönch wieder, verbeugte sich abermals mit vor dem Gesicht gefalteten Händen und gab Herrn Reig mit einer Geste zu verstehen, dass er ihm nun wieder folgen sollte. Sie gingen durch einen Flur, der auf der linken Seite an einer holzgetäfelten Wand vorbeiführte, die in regelmäßigen Abständen von verschlossenen Türen unterbrochen war. Auf der rechten Seite gaben bis auf den Boden reichende Fenster den Blick auf einen quadratischen Innenhof frei. Der Boden des Hofes war mit sorgsam gerechtem, weißem Kies bedeckt. In seiner Mitte wuchs eine verschlungene Krüppelkiefer.

Am Ende des Flures eröffnete sich nach rechts hin ein hallenartiger, quadratischer Raum. Die dem Innenhof zugewandte Seite bestand ebenfalls aus bis auf den Boden reichenden Fensterelementen, die aber verschiebbar waren, so dass der Hof von hier aus betreten werden konnte. Eines dieser Schiebefenster war gerade weit geöffnet und ließ frische Luft hereinströmen. Der Fensterseite gegenüber befand sich eine weitere holzgetäfelte Wand, in deren Mitte eine mit Papier bezogene Schiebetür den Zugang zu einem dahinter liegenden Raum ermöglichte. Zur linken und rechten Seite dieser Tür war jeweils eine goldschimmernde Buddha-Statue aufgestellt. Vor den Statuen standen sandgefüllte Holzschalen auf dem Boden, in denen leicht vor sich hin glimmende Räucherstäbchen steckten und einen feinen Geruch von Sandelholz verbreiteten. Über der Tür hing eine große weiße Papierfahne, die mit einigen Kanji-Zeichen beschrieben war. Weiter befand sich nichts in der Halle. Sie wurde nach obenhin von einem pyramidenartig zulaufenden Giebel aus Milchglas abgeschlossen, der im milden Gelb der Sonne leuchtete. Auf der gegenüberliegenden Seite mündete ein zweiter Flur in die Halle. Er führte auf der anderen Seite des Innenhofes zurück zum Eingangsbereich und glich dem gegenüberliegenden Flur, durch den sie die Halle erreicht hatten, spiegelbildlich. Das viele Glas verlieh dieser Architektur eine lichte Transparenz und Leichtigkeit. Die hintere Wand des Innenhofes, die ihn vom Eingangsbereich trennte, war aus weißen Klinkersteinen gebildet und mit einer zarten Flechte überzogen, was die Atmosphäre mit einem geheimnisvollen, grünlichen Schimmer überzog.

Der Mönch öffnete die papierbezogene Schiebetür und hieß Herrn Reig mit einem Nicken einzutreten. Herr Reig folgte und betrat einen fensterlosen Raum, dessen Boden mit einem großen, wertvoll wirkenden Teppich bedeckt war. Zur linken und rechten Seite des Raumes standen kleine Meditationsbänkchen herum, die wohl für die wartenden Besucher des Zen-Meisters gedacht waren, die Herr Reig aber nicht zu nutzen wusste. Fragend drehte er sich zu dem Mönch um, den er noch hinter sich vermutete, doch der war bereits hinter der nun wieder zugeschobenen Tür lautlos verschwunden.

Herr Reig blickte sich in dem Raum um, in dem er nun etwas verloren herumstand. Er wurde spärlich von dem durch die Papiertür dringenden Licht und ein paar Lampen beleuchtet, welche sich hinter einer an den Deckenkanten entlang ziehenden Holzleiste befanden. An den Wänden waren einige kleinere Papierfahnen aufgehängt, die ebenfalls mit

Kanji-Zeichen beschrieben waren. Am anderen Ende des Raumes befand sich eine Tür aus dunklem Teakholz.

Hinter dieser Tür saß Meister Djüd-shi in tiefer Meditation regungslos im Lotussitz auf seinem Kissen. Dennoch entging ihm nichts von dem, was sich in dem Vorraum abspielte. Er war ein alter, hagerer Mann, der trotz seiner weit über neunzig Lebensjahre über eine erstaunliche Gesundheit und Vitalität verfügte. Jahrzehntelang begleitete er nun schon Schüler und Mönche auf ihrem spirituellen Weg und konnte alleine an der Art und Weise, wie sie den Vorraum betraten, erkennen, um wen es sich handelte und in welcher Verfassung er sich gerade befand.

Meister Djüd-shi war 1938 als Siebzehnjähriger mit seinem Vater nach Deutschland gekommen. Sein Vater war in Japan ein bekannter Schwertkämpfer und Zen-Meister gewesen, der von den Nazis engagiert worden war, um ihnen Zen beizubringen. Da sich die meisten Zen-Orden in Japan mit seinem damaligen faschistischen Regime arrangiert hatten, war das ohne Mühe gelungen. Die Nazis hatten von der unglaublichen Selbstdisziplin und Entbehrungsfähigkeit der Menschen gehört, die Zen praktizierten, und wollten sich diese Fähigkeit zu Nutze machen. Während eines fürchterlichen Bombardements in der Endphase des Krieges hatte der damals mittlerweile einundzwanzigjährige Hiroshi Mushakoji, wie Meister Djüd-shi mit bürgerlichem Namen hieß, eine tiefgreifende Erleuchtung erlebt.

Nachdem der Krieg zu Ende war, entschied er sich, in Deutschland zu bleiben, um dort weiter Zen zu lehren. Das war seine Form der Buße, die er leisten wollte, weil er sich auf die falsche Seite geschlagen hatte. Er verlangte von seinem Vater, dass dieser ihn noch vor seiner Rückreise nach Japan zum Meister weihen sollte. Schweren Herzens erfüllte der Vater diesen Wunsch und ließ seinen Sohn daraufhin in dem fremden Land zurück. Meister Djüd-shi hatte dann tatsächlich aus dem Nichts heraus das Zen-Kloster aufgebaut, dem er seit dieser Zeit vorstand.

Meister Djüd-shi war aber nicht nur ein Meister des Zens, auch den Schwertkampf hatte er von seinem Vater meisterlich zu beherrschen gelernt. In jener Bombennacht hatte er sich allerdings geschworen, sein Schwert nie mehr zu ziehen.

Als Herr Reig den Vorraum betrat, empfand Meister Djüd-shi ein für ihn sehr ungewöhnliches Gefühl der Verunsicherung. Das klare Bild, das er sonst sofort von einem sich nahenden Menschen gewann, auch wenn er ihn noch gar nicht kannte, stellte sich diesmal nicht ein. Da war etwas Widersprüchliches, das er wahrnahm. Einerseits empfing er Signale, wie sie für eine spirituell sehr weit entwickelte Person charakteristisch waren, andererseits waren da aber auch Anzeichen für einen Menschen, der sich in einer tiefen Verzweiflung befand.

Meister Djüd-shi war durch seine lange Meditationspraxis bis zur Perfektion darauf trainiert, das, was er wahrnahm, nicht zu bewerten, sondern einfach nur ruhig und gelassen zu beobachten. Dadurch hatte sich die große Klarheit eingestellt, mit der er die Dinge wahrnahm. Er interpretierte sie nicht und verstellte sie nicht mit eigenen Vorstellungen. Was er alleine nur durch die Wahrnehmung der Art und Weise, mit der ein fremder Mensch seinen Fuß auf dem Boden setzte, von dessen Wesen erkannte, war weit mehr, als andere erkennen mochten, die diesen Menschen gut zu kennen glaubten. Es war jedoch kein begriffliches, rationales Erkennen. Es wäre Meister Djüd-shi schwer gefallen, diese Erkenntnisse in Worte zu fassen. Es war vielmehr ein intuitives, unmittelbares Schauen und eine unerschütterliche Gewissheit, wir er mit diesem Menschen umzugehen hatte.

Ebenso wertfrei, ruhig und gelassen beobachtete er nun seine eigene Verunsicherung. Und mit einem Mal überkam ihn ein Gefühl des tiefsten Verstehens allen Seins und Nichtseins und der untrennbaren Verbundenheit mit seinem Schicksal. Es war wie eine zweite Erleuchtung und er wusste nun plötzlich mit absoluter Gewissheit, was folgen würde und traf die notwendigen Vorbereitungen.

Herr Reig wartete währenddessen in dem Vorraum ungeduldig auf seinen Einlass. Die vollkommene Stille lastete auf ihm. Sie verstärkte dieses neue, fremdartige Gefühl, das ihn seit jenem nächtlichen Anfall beherrschte.

Plötzlich jedoch brach in die Stille ein rhythmisches, metallisch kreischendes Geräusch hinein. Herr Reig erschrak heftig, nahm dann aber diese Ablenkung dankbar an und versuchte, die Ursache des Geräusches zu ergründen. Doch ebenso plötzlich, wie es begonnen hatte, hörte das Geräusch kurze Zeit später wieder auf.

Nach einigen weiteren Minuten, die einer unendlichen Dehnung unterworfen zu sein schienen, ertönte endlich der helle Ton einer Glocke. Zögernd öffnete Herr Reig die Teakholztür. Er trat ein und befolgte nun das Ritual, das er kurz zuvor gelernt hatte, äußerst korrekt.

Jetzt saß er still auf seinem Kissen in etwa einem Meter Abstand vor dem Zen-Meister, der immer noch regungslos im Lotussitz auf seinem Meditationskissen saß und schwieg.

„Was kann ich für Sie tun?", beendete Meister Djüd-shi plötzlich die unheimliche Stille.

Herr Reig hob endlich seinen Blick und sah in das Gesicht des alten Zen-Meisters, in dessen Antlitz ein feines, unergründliches Lächeln spielte. Meister Djüd-shi hielt seine Augen weiter auf den Boden gerichtet. Sein Blick schien ins Unendliche zu reichen.

„Professor Freudenberg hat mich Ihnen anempfohlen!"

Meister Djüd-shi schwieg nun wieder, und das verwirrte Herrn Reig. Verunsichert fügte er hinzu: „Ich dachte, Sie wüssten Bescheid?"

Ein kaum vernehmliches Nicken des Meisters bestätigte jetzt diese Aussage.

„Ich habe ein Entfremdungssyndrom. Professor Freudenberg meinte, dass Sie mir weiterhelfen könnten. Er scheint mit meinem Fall nicht weiter zu kommen."

Herr Reig versuchte sich des beklemmenden Gefühls zu erwehren, das sich in ihm ausbreitete, doch es nahm ihn immer mehr in Besitz. Sollte er nicht lieber doch aufspringen und dem ganzen Spuk ein Ende bereiten. Wie wollte ihm dieser Greis helfen? Er verschwendete doch nur seine Zeit.

„Sie hatten ein Kensho", stellte Meister Djüd-shi plötzlich unvermittelt fest.

„Ein was?", fragte Herr Reig, vollkommen überrascht durch die Absolutheit dieser unbekannten

Diagnose.

„Ein Kensho ist die unmittelbare Erfahrung der Wirklichkeit. Ein spontanes Erleuchtungserlebnis. Was Sie als Entfremdung empfinden, ist nicht die Entfremdung von der Wirklichkeit, es ist das genaue Gegenteil. Es ist der direkte Kontakt mit ihr. Was Ihnen dadurch nun entfremdet ist, ist die Welt der Erscheinungen, das, was die meisten Menschen irrtümlich für die Wirklichkeit halten."

Herr Reig hatte das Gefühl, dass ihm der Boden unter den Füssen weggezogen würde. Was redete dieser Mönch da? Und doch überkam ihn langsam und unaufhaltsam die furchtbare Ahnung, dass dieser alte, runzelige Greis mit seiner leisen, aber glasklaren Stimme etwas aussprach, was er im Grunde seines Herzens schon längst gewusst hatte.

Aber nein! Das konnte nicht sein, das durfte nicht sein! Er versuchte Zeit zu gewinnen. „Wie meinen Sie das? Ich verstehe das nicht!"

„Sie verstehen es", sagte der Meister, „aber Sie wehren sich dagegen. Das ist Ihr ganzes Problem."

„Was heißt hier verstehen?", hob Herr Reig plötzlich aufgebracht an. „Sie glauben, mein Problem so einfach auflösen zu können? Und jetzt soll ich wohl wie Sie den ganzen Tag herumsitzen, den Boden anstarren und versuchen, mich ins Nirwana zu beamen? Und wer macht eigentlich die Arbeit? Wer kümmert sich darum, dass die Menschen Essen und ein Dach über dem Kopf haben? Sollen die Menschen etwa nur noch herumsitzen und meditieren und ... und ... am Ende jämmerlich verhungern? Ist das Ihre Wirklichkeit? Ich will diese Wirklichkeit nicht! Was ist das denn für eine Wirklichkeit? Ich will arbeiten! Ich will leben! Ich will Spaß haben!"

Meister Djüd-shi ließ die erregte Rede regungslos über sich ergehen. Dies entfachte mit einem Mal eine dermaßen entsetzliche Wut, wie sie Herr Reig bisher noch nie in seinem Leben empfunden hatte. Außer sich schrie er nun Meister Djüd-shi an: „Was wissen Sie schon von der Wirklichkeit? Sie sind es doch, der vor ihr flüchtet! Sie fürchten sich vor der Realität! Sie weigern sich, ihr Leben zu leben, vor lauter Angst, dass es vielleicht hin und wieder auch mal zu Leiden führen könnte! Ihr ehrwürdiger Buddha mit seinen edlen Wahrheiten! Was ist das für eine Wahrheit, dass das Leben nur Leiden ist? Was ist das für ein unsinniges Ziel, ins Nichts entschwinden zu wollen, sich nichts sehnlicher zu wünschen, als sich möglichst endgültig aus dem Leben zu verabschieden? Was ist das nur für ein Unsinn?"

Da bewegte Meister Djüd-shi plötzlich seinen Arm und gleich darauf ertönte der helle Ton der Glocke. Die Audienz war beendet.

Herr Reig verlor dadurch vollends die Fassung. Er sprang auf und brüllte wie von Sinnen: „Und jetzt glauben Sie, sich einfach so entziehen zu können! Wollen das Problem einfach wegklingeln! Aber Sie nehmen mir nicht die Wirklichkeit weg! Ich lasse mir von niemanden das Leben stehlen, von NIEMANDEM!"

Er stand zitternd vor maßloser Wut dicht vor dem Zen-Meister und blickte bedrohlich auf ihn hinab. Doch Meister Djüd-shi saß vollkommen regungslos da und schaute ruhig und gelassen mit einem feinen, unergründlichen Lächeln in die unendliche Tiefe des Nichts.

Da überwältigte Herrn Reig das unerträgliche Gefühl, dass er jeden Augenblick explodieren, ja dass sein Leib tatsächlich sogleich zerbersten würde, wenn sich nicht sofort ein Ventil öffnete. Instinktiv suchte er nach einem Objekt, an das er diesen Überdruck abgeben konnte. Er griff nach dem erstbesten Gegenstand, den er greifen konnte und der sich in diesem Augenblick mit einem Glitzern in seinen Augenwickeln bemerkbar machte. Es war das alte, seit jener Bombennacht nicht mehr benutzte Samurai-Schwert des Zen-Meisters, das da wie zufällig an der Wand lehnte, und schon zerschnitt es zischend die Luft, als würde es von einer fremden Macht geführt. Die Schneide hatte Meister Djüd-shi vor wenigen Minuten frisch geschärft – und nun durchtrennte sie seinen Hals wie Butter. Sein Kopf fiel vornüber in seinen Schoß und blieb in seinen Händen, die dort noch ineinander verschränkt ruhten, aufrecht und nach vorne schauend liegen. Sein Rumpf wurde durch den stabilen Lotussitz gerade gehalten und wankte keinen Deut.

Nun schaute Meister Djüd-shi eben von einer Etage tiefer in die zeitlose Seligkeit seines Nirwanas, und es schien, als würde es ihn nicht weiter bekümmern. Das feine und unergründliche Lächeln spielte in seinem Gesicht.

Epilog

Einige der Mönche waren durch das Geschrei aufmerksam geworden und hatten sich im Vorraum versammelt. Dass ein Schüler während des Dokusan-Gesprächs die Nerven verlor, kam zwar schon manchmal vor. Doch dieser Besucher war kein Schüler ihres Meisters und erregte schon aus diesem Grund das Misstrauen der Mönche. Auch war dieses Geschrei von einer Heftigkeit, welche die Mönche bei einem solchen Gespräch bisher noch nicht erlebt hatten. Deswegen waren sie sehr beunruhigt, dennoch trauten sie sich nicht, die Audienz zu stören.

Dann erkannte einer der Mönche das Geräusch des durch die Luft getriebenen Schwertes und stürmte in den Dokusan-Raum. Es bot sich ein entsetzlicher Anblick und ein lauter Aufschrei entfuhr ihm: Herr Reig stand mit dem blutigen Samurai-Schwert in der Hand und einem verwirrten Blick erstarrt vor ihrem geliebten Meister, der immer noch mit dem Kopf im Schoß fein und unergründlich vor sich hinlächelte. Die anderen Mönche rückten nach und überwältigten den sich widerstandslos ergebenden Besucher, der kurze Zeit später von der Polizei abgeführt wurde.

Nachdem sie den Leichnam des Zen-Meisters weggeschafft hatten, fanden die Mönche einen kurzen Brief unter seinem Sitzkissen. Folgende Worte hatte er ihnen hinterlassen:

„Oh, Ihr lieben Mönche und Schüler! Einst war ich ein guter Schwertkämpfer, doch dann erkannte ich: Wer das Schwert zieht, wird durch das Schwert getötet! Heute erfüllt sich mein Schicksal: Der Tropfen kehrt in den Fluss zurück. Nicht den Tropfen beweint, sondern haltet Euren Geist klar, rein und leer, wie ich es Euch immer gelehrt habe! Dann werdet Ihr verstehen: Der Fluss fließt in der Stille Eures Bewusstseins."

Herr Reig wurde in Untersuchungshaft genommen und die Fusion der Bank drohte zu platzen. Schließlich kam sie aber doch noch zustande und Frau Tarnow übernahm das Sekretariat des neu gebildeten Vorstandsbereiches, der von Herrn Reig hätte geführt werden sollen und nun anderweitig besetzt worden war. Herr Reig sprach seit jenem Ereignis kein einziges Wort mehr, doch eines Tages erschien ein feines und unergründliches Lächeln auf seinem Antlitz und verschwand von dort nicht mehr. Er wurde schließlich für schuldunfähig erklärt und in die geschlossene Psychiatrie verwiesen.

Frau Drexler erreichte ein Anruf, der ihr Leben verändern sollte, als sie gerade auf dem Frisierstuhl saß und sich eine besonders ausgefallene Frisur herrichten ließ. Sie hatte sich für eine Hauptrolle in einem aufwändigen Hollywood-Film beworben und nun teilte ihr am anderen Ende der Leitung eine Stimme mit amerikanischem Akzent mit, dass sie den Zuschlag bekommen hatte. Der Film mit dem voraussichtlichen Titel „Der Untergang des Abendlandes" versprach ganz groß herauszukommen.

Nachdem Professor Freudenberg von dem schrecklichen Ereignis erfahren hatte, erging er sich in quälenden Selbstvorwürfen. Den bereits mit Dr. Martin vereinbarten Supervisionstermin hatte er nach dem Abbruch der Behandlung von Herrn Reig wieder abgesagt, doch jetzt bat er Dr. Martin um einen neuen Termin. In dem langen Gespräch, das er dann mit ihm führte, hatte er schließlich eine schwere Entscheidung getroffen: Er beendete seine Kariere als Psychiater und trat als Mönch in das Kloster seines verstorbenen Freundes ein, das seit jenem Tage von dem dazu bestimmten Mönch weitergeführt wurde. Getrieben von einem unmissverständlichen Impuls entschloss er sich eines Tages zu einem Besuch in der Psychiatrie. Herr Reig sprach auch mit ihm kein einziges Wort, doch Professor Freudenberg war ebenfalls nicht nach Sprechen zumute. Sie schwiegen einfach nur eine lange Zeit zusammen - und ein feines und unergründliches Lächeln spielte in ihren Zügen. Eine Woche später wiederholte Professor Freudenberg diesen Besuch und von da an wurde der wöchentliche Besuch zu einem dauerhaften Ritual. Mit der Zeit entstand eine wortlose Freundschaft zwischen diesen beiden ungleichen Männern und es wuchs zwischen ihnen ein stetig tiefer werdendes Gefühl stiller Verbundenheit. Wir müssen uns Herrn Reig und Professor Freudenberg als erleuchtete Menschen vorstellen.

Danksagung

Ich bedanke mich bei Simone, die mich tatkräftig motivierte, das Buch überhaupt zu schreiben und 2014 zu veröffentlichen. Auch danke ich ihr für die geduldigen Korrekturlesungen. Bei Ingrid bedanke ich mich für die empathische Rezeption meines Buches und ihre Anregungen, die mich dazu brachten, den Epilog zu überarbeiten. Durch den in der vorliegenden zweiten Version hinzugefügten Besuch Professor Freudenbergs bei Herrn Reig und die sich daraus entwickelnde Freundschaft der beiden Protagonisten hat das Buch nun einen versöhnlichen Ausgang. Jetzt erst fühlt es sich so richtig „rund" an.

Peter van den Bruck im Juli 2018